KB153871

송인숙 제3시집

나의 봄을 기다리면서

송인숙

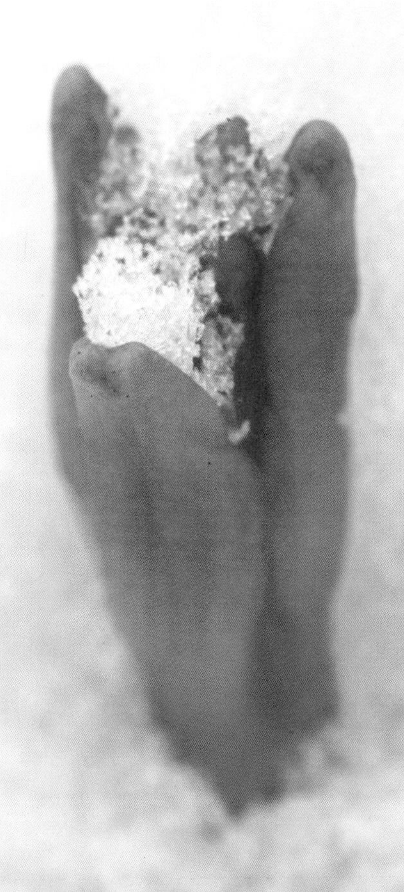

송인숙

1952년 충북 청주에서 출생하였고 한국방송대학 행정학과를 졸업하였다. 청주 청원군 보건소에 근무를 하였고 서울시 공무원으로도 근무하였다. 제1시집 "목련이 피면"을 출간하면서 시인으로 등단하였고 꾸준한 창작활동으로 제2시집 "봄 여름 가을 그리고 겨울"을 출판하였고 이제 제3시집 "나의 봄을 기다리면서"을 세상에 내놓는다. 그리고 수필집 "파킨슨 환자의 고백-세상이 나에게 준 선물"도 출간하였다.

송인숙 제3시집

나의봄을기다리면서

초판1쇄 인쇄 | 2024년 4월 15일

초판1쇄 발행 | 2024년 4월 15일

펴낸곳 | 도서출판 그림책

지은이 | 송인숙

디자인 | 이정순 / 정해경

주 소 | 경기도 수원시 영통구 이의동 웰빙타운로 70

전 화 | 070-4105-8439

E - mail | khbang21@naver.com

표지디자인 | 토마토

송인숙 제3시집

나의 봄을 기다리면서

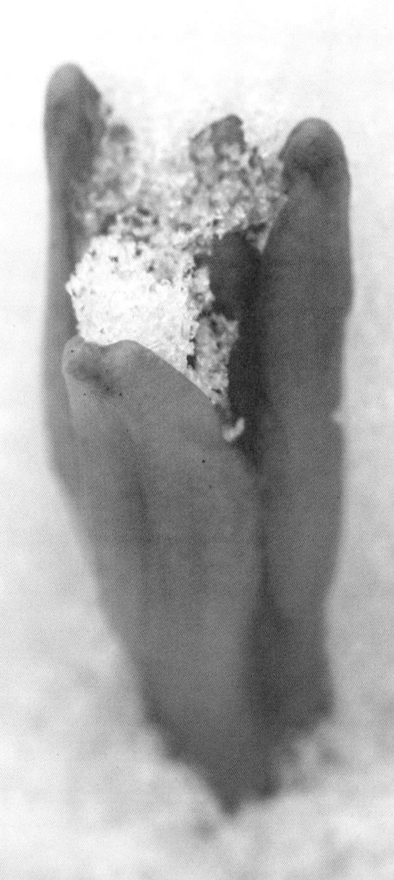

세번째 시집을 내며

나의 봄을 기다리면서

산에 새가 우는지
꽃이 피는지
주변에 얼마나 아름답고 마음의 모든 것 주어도
아깝지 않은 자연이 있는지 모르고
삶의 아픔 삶의 분주함 속에서만 살아
오직 내 아이 내 남편만 생각하며
사랑하는 가족 연결하는 집만 아끼고 사랑하고
가을 날 결실 맺은 산열매로 집안 장식하고
산에서 낙엽지우고 봄 기다리는 나무처럼,
들판에서 곡식이 익어 황금물결 치기를 바랐던 나

어느 날 달라진 세상
달라진 아이들
달라진 남편
그날 나는 지진 일어 땅이 갈라져 그 속으로 추락했다

허우적거리며 슬퍼하다가 작은 구멍으로 빛이 보여
탈출구를 찾아내고
나를 배신한 것 같은 가족들 원망스러워 울고
몸부림치던 몸짓 털어버리고
잃어버린 나를 찾았다
눈물이 나고 슬펐던 것은 나를 잊고 살았기 때문이다

시간은 나를 찾으라 했다
그동안 꿈꿔왔던 꼭 하고 싶었던 일
열심히 가족을 위해 산다는 것보다
나라는 존재가 살아있음을 느낄 수 있는 삶은
진정으로 가족을 위해 사는 길이란걸…

이제는 나를 찾는다

잃어버린 나를 돌아보고
나를 찾아가는 소중한 시간
그 소중한 시간 속에서
나의 세 번째 시집
"나의 봄을 기다리면서"를
세상에 내놓는다

송인숙 제3시집

나의봄을기다리면서

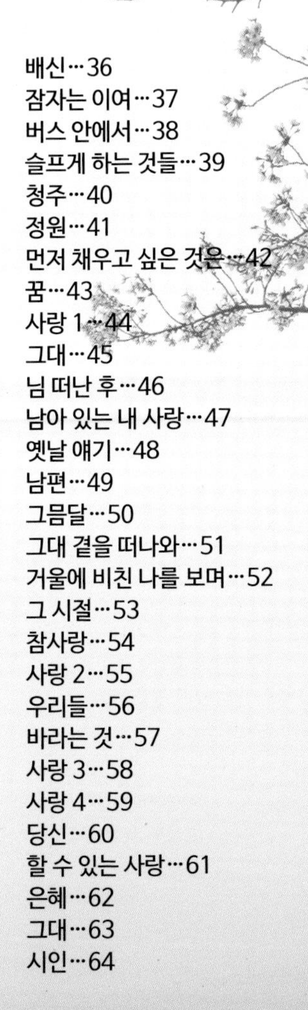

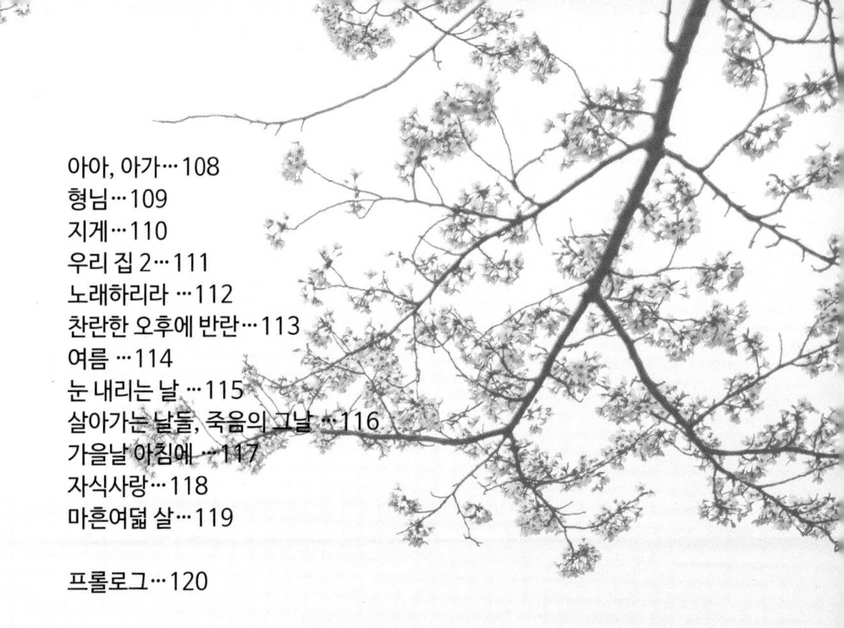

1부

부모산

부모산 1

멀리서 보면
한 줌으로 움켜쥘 듯한 산
뜨거운 욕망 다 버리고
홀로 세상 풍파 맞아가며
순수한 자연의 빛깔

회벽돌에 빼앗겨
흠집 난 가슴 아파도
온화한 미소 잃지 않는 산
가까이 다가서면
거대한 주춧돌이 되어
기쁨을 노래하는 산

부모산에 오른
숱한 사람들의 발자국과
애간장 절이는 슬픈 사랑을
꽃송이 피워내듯
엮어가는 부모산

부모산 2

금동불상의 찬연한 빛보다
더 화려한 강한 가을 햇살이
부모산 중턱에 나래를 펼 때
소년은 코스모스 씨앗을 뿌렸다

다가올 가을을 위해
꽃을 피우기 위해
보랏빛 가을꽃과
아름답게 물든 낙엽들이
부모산을 버리지 않기를
소년은 기도했다

가을이면 쌀쌀한 바람이
소년을 그립게 한다
부모산에서 까아만 씨앗 뿌려주며
사랑의 노래 들려주던
머나먼
옛날 가을 얘기 소년이
눈부신 빛에 바래서
하얗게 가슴에만 남아있다

부모산 3

밭에서 갓 따낸 목화송이 뭉치에
연초록 물감 입혀
부모산 오월 맞이하면
나뭇잎 소리에
새끼 품다 놀라 날아가는 꿩
반백년 찾아 헤맨 사랑
다시 돌아와

넓은 들에 홀로 태어나
가까이에 작은 동산 하나 두고
외로움 달래는 꿈이 가득한 산
어린 시절 소풍 때면 아이들 몰려와
말벗이 되어주고
앞치마에 돌을 주워 담아 쌓은
성처럼
애정은 쌓여 전설이 된다

부모산은 고향을 떠난 사람들
마음의 빛이 되어주고
명주치마 폭이 되어 슬픔을 감싸주는
말없이 다가서기만 해도
어머니 젖내음 풍겨
그리움 쏟아내고 울어준다

부모산에 구름 걸려
작은 비 뿌려
꼭대기 웅덩이 샘에 물 고이면
성 쌓던 앞치마에 전설 같은
옛 얘기 들려와
옛 꿈 아름답게 키워 주는 부모산

어머니 1

고속버스 타고 오다가
낯익은 고향의 모습이 보이면
어릴 때 어머니의 냄새가 느껴진다

청명한 날씨 좋은 하늘에
생생한 어머니의 물결이 밀려온다

아름다운 음악을 듣는 것처럼
어머니는 꿈을 재워준다

어머니의 품 안이 그리운
햇볕 좋고 늦가을 오후
풍요로운 행복을 주는
어머니

어머니 2

긴 장마가 지속된
아열대 지방 기후 덕에
나무들이 올곧게 자라
새순들이 보드라운 맵시를
드러내고 있다
바람이 조금만 스쳐도
추억의 맑은 눈을 뜨고
이파리를 흔드는
아카시아 꽃향기보다
더 돋보이는 순수한 연둣빛 아름다움
나풀거리는 잎사귀 사이로
어머니의 고요한 눈빛이 보인다
거짓 없이 솔직한 사랑을 주셨던
어머니가
잎사귀 사이로 비춰지면
나는 뒤돌아본다
어머니만큼 아이들을 사랑했을까
당당하라
떳떳하게 살아라
착하게 살아라
잊혀지지 않는 평소의 어머니 말들이
어머니의 눈빛은 잎사귀위에 그려진다
창문으로 보이는
아카시아 잎사귀처럼
불어오는 세상 바람을 향하며
속내는 던져주고
순수한 자연인으로 사신 어머니
그래 나도
어머니처럼 아이들을 사랑하리라

인생

안 간다고 떼쓰다가
어머니 모습 보여 달려온 이길
이른 새벽 환한 햇빛 두려워
꽃잎 뒤로 젖힌 산나리 꽃 따다
길에 뿌리고
구름이 머물 기다란 줄기
싱그런 향 간직한 원추리 뽑아다
어머니 앞에 제단 쌓고

어머니 웃음
장독대 장항아리에 비춰질 날 그리워
간장 항아리 뚜껑 열고
간장 뜨러온 모습 매일 지켜봤습니다

안 간다고 떼쓰다가
어머니 모습 보여 달려온 이길

중년이 된 모습
거울처럼 빛나는
간장 항아리에 비춰진
내 모습이
어머니 웃음 닮고 있었습니다

여자의 일생

여자가 공부 잘해서 많이 하면
팔자 사납다고 악을 쓰시던 어머니
어쩌다 학교에 찾아가
딸 칭찬 듣고 나면 자랑스러워하시면서
어린 자식들 혼자 키우시느라 힘들어
먼저 저 세상으로 가신 아버지 미워
내게 분풀이 하시던 어머니

오빠는 소중한 아들이라
상처 줄 수 없고
딸인 내게 응어리진 가슴속 얘기를
듣기 민망한 욕설로 퍼부어 대고
방아 찧으러간 엄마대신
동생들 저녁 밥 지을 때
아궁이에 올려놓은 된장 뚝배기
막내가 건드려
끓던 장이 내 발에 엎어졌을 때
그 아픔이 오늘 생각난다

첫 아이 낳을 때보다 더 아파
동네 떠나가라
울부짖던 가슴 찢는 소리
깜깜한 밤에 돌아오셔 내 발보고
이십리 길을 혼자 걸어서
약을 사 오신 어머니
나도 소중한 딸이었음을
확인시켜준 어머니

그 길이 얼마나 멀고
무섭고 힘들었을까…

콩깍지

싸늘한 바람 불어
하얀 서리가 손 발 시리게 하던
깊은 가을에
마당 구석구석에 놓여 있던 콩깍지
백옥처럼 하얀 콩알이
웅크리고 있었다

따뜻한 햇살이
부르는 소리에 놀라
등 두드리며 튀어나왔다
마당에 널어놓아
도리깨질하여 콩을 털고 나면
콩깍지는
구들장 달구는 불기둥이 되기 위해
겨울을 기다린다

무쇠솥 걸은 아궁이에
콩깍지로 불을 때
하얀 쌀밥 지으면
구수한 밥냄새, 어머니 울음 삼킨다

고부라진 손에 쥐어있던
어머니 콩깍지
특별한 날 밥 짓기 위해 나뭇간에
어머니는 콩깍지가 되어서
불길 속에 불꽃이 되었다
소원 빌면 모든 것을 이루어주는
불꽃속의 요정

비 오는 날

새봄에 이슬비가 내리고
잔디가 춤을 추던 날
어머니 젖내음 그리워
어머니 계신 곳
살아생전 늘 원망 했던
철없는 소리들이
가슴을 메이는 절규로 돌아온다

학교에 못간 것은 가난 때문이었다
"어머니 잘못했습니다"
새로 돋아난 새싹들이
작년에 자랐던 마른 풀에 가려져
보일 듯 말 듯 한데 엉켜 늘어진
마른 풀 위에 이슬비 앉으니
어머니의 아파하는 슬픈 모습

꿋꿋하게 살려고 하셨던
밤낮없이 일해도
살림살이는 나아지지 않고
애달픈 한을 간직하셨던 어머니
작은 소망을 이루진 못했어도
꿈결에 자라 주었던 자식들 보며
흐뭇해하시던 어머니

작년에 자랐던 긴 풀을
손으로 뜯고 뜯으며 고생만하다 가신
어머니 영혼을 달래 봅니다

손끝에 파고드는 아픔이
이슬비로 오는 날
어머니 더욱 그리워하게 합니다

어머니 곁에서

뜨거운 태양이 햇살을 가득 쏟아
영혼을 잠재우는 황홀한 오후

그리움들이 탐낼만한 어머니 산소
산소 향긋한 물에 입맞춤하던
어머니 누워 계신 곳을 둘러보면
부지런 하고
삶의 냄새가 철철이 흐르던
어머니 모습 보인다

손으로 잔디를 어루만지면
보드라운 미풍에 잠재운
어머니 숨결이
손가락 사이로 흐르는
잔디가 속삭여주는
젖무덤 포옹하면
편안히 잠드신 어머니가 보인다

생명력 질긴 잡초를 뽑으며
서러워 목구멍에서 토해내는
절규하는 이유를 끄집어보면
수천 년 이어온 엉킨 인연의 만남

무성하게 자란 풀 사이로
손을 헤저으면
어머니를 만난 인연의
소중함이 가슴속을 파고든다

맨드라미

시골집 앞 길가에
피어있는 빨간 맨드라미 꽃 속에
과거의 시간들이
들어오라고 손짓하네

서울의 길가에 이름 모를 꽃들이
티 없이 맑은 가을 햇살 담을 때

맨드라미의 거울을 들여다보면
하루 종일 일을 해도
햇살 마시고 고단한 아픔을
쓸어내렸던 어머니의 시간들이
보이네

단발머리 교복의 소녀가
맨드라미 꽃 속에 파묻혀
가슴속에서 불타던 빛보다
더 고운 꽃 보고 약속했던
기억들이 살아나
반백이 되어가는 머리 위로
그리움 좇는 소녀 되었네

왼손잡이

밥상머리 앉아 주눅 들어
수저도 제대로 들지 못하던
나는 왼손잡이

꾸중 듣다보면
점점 자신 잃어가던 어린 시절
돌아서서 어머니 안 보이면
왼손으로 내가 하고 싶은 대로 했다

여학교 시절 수예시간이
그래서 싫었다
혼나니까
어머니 앞에서만
오른손으로 예쁜 수 한 땀 한 땀 뜨다
왼손으로 돌아가 버린 바느질

이것이 큰 병이라고
시집에서 처음 왼손으로 칼질 하던 날
쭈뼛쭈뼛 망설여지고
당당히 나서지 못하던
나는 왼손잡이

지금은 눈치 볼 사람도 없고
세월도 변해 왼손잡이는
흉이 아니다

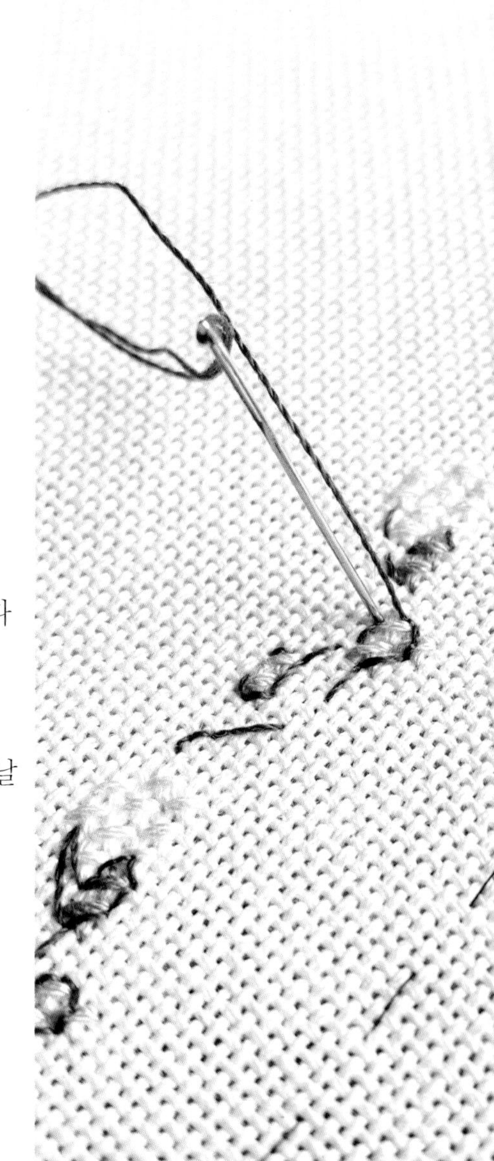

임종

아버님 임종 소식에
그대 거칠어지는 숨소리

목 메이는 설움 삼키고
뒤돌아서서 눈물 훔치고

아버님 뵈러 가는 길이
너무 멀기만 합니다

다시는 못 볼 눈빛인데
그래도 빨리 가고 싶습니다

살뜰히 보살펴 드리지 못한
아쉬운 마음을
찬바람이 달래어 봅니다

아버님

시집오던 날
전생의 인연에서
느껴왔던 낯설지 않던
몸짓으로 다가오셨습니다

여섯째 며느리로
시집에 들르던 날

얘야, 술 한 잔 다오 하시던
목소리에 사랑이 가득하여
아버님 그리워하며 살았습니다

아버님 기력이 약해져
몸 안에 죽음의 통곡이 들려올 때
가시는 길이 두려웠습니다

무엇을 해드릴까
아버님의 깊은 속마음을
헤아리지 못해서
애타는 가슴 망설여집니다

저녁노을 펼치는 해 보며
아버님 가시는 길이
아름다운 사랑이
가득한 곳이길 기도합니다

아버님 가신 날

자식 사랑하는 맘 깊고 깊어
표현할 수 없어
손가락 수만큼 자식을 두고
사랑을 다 할 수 없어
머리가 하얗도록
마음 아파하신 아버지

현세의 생을 마감하고
무한한 넓은 세상
고요한 나라로 가시던 날
목화송이 같은
하얀 눈이 내렸습니다

남아있는 모든 걸 하얗게 덮어
삶을 아끼며 살아오신
그분의 발자취 모두 지우고
새롭게 살라 흰 눈이 옵니다

눈이 쌓여 온 세상 하얗게 변하니
세상을 등진 설움과 아픔보다
더 아름다운 아픔이
가슴에 밀려옵니다

기도

아버지

아버지!
이 세상을 떠나신지
55년이 지난 분께
소원을 말해봅니다

상여 나가던 날
어머니의 울부짖음이
잊을 수 없는 기억으로
가슴을 자꾸 흔들어 깨웁니다

어머니도 세상을 떠나신지
20여년이 지나
잊어버릴 만도 하건만
또렷하게 생각나는 기억들
지켜주소서
뜻을 이뤄주소서
모든 일들이 원만하게
처리되게 하여주소서

늘 잊지 않고 대화하며
소원을 빌겠습니다

초파일

성스럽고 복된 날
사랑과 기쁨을 나누는 날
그분이 태어나신 날

그날은 우리 아버지
저승 가신 날이다

꿈에서만이라도
보고 싶은 모습 보려해도
나타나지 않는 분
아버지

석가모니 탄신일
법당에 수많은 사람 몰려들어
발꿈치 세우고 두 손 모아
애기 부처님 우러러 보고
스님 법문 들려와
온몸으로 뼛속으로 파고드는
진한 감동의 떨림

짜릿한 진동으로 마음속에 머무는
부처님 축복 기운
영원히 간직될 뼛속으로 스며든
부처님 사랑

6월 초하루

유월 초하룻날
장맛비가 왔다

아버님 돌아가시고
첫 번째 생신날이다

작년 생일 지나고
발견된 아버님 병환
그 후 아버님은 꼭
6개월 사셨다

아버님 떠나시고
어머님은 꼿꼿하시다
어머님이 살아계셔서
나를 지켜주는 느낌이 든다

오늘은 건넛방에서
담배 피우고 계실
아버님이 살아온 듯하다

밤에는 뜰 앞에
하얀 박꽃이 두 송이 피었다
밤빛에 눈이 부시도록
활딱 피어
지지미 같은 꽃잎이
나 대신 울고 있다

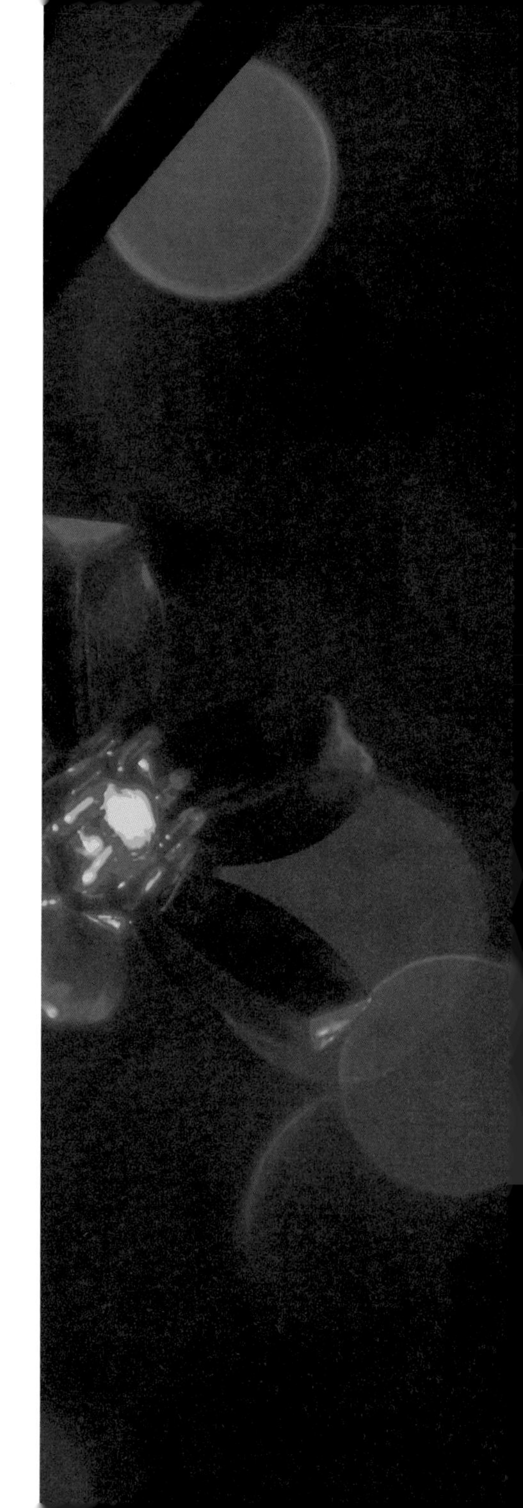

방황

한손으로 물레를 돌리며
하얀 솜뭉치를 긴 쇠꼬챙이에
살며시 갖다 대면 실로 만들어져 파채로 감기던
캄캄한 밤을 쉬지 않고 타일러 재우던 밤이 있었다
어디로 갈 줄 모르고 반복되는 울음으로
어머니의 한을 움켜잡은 물레가 돌았다
가을에 달린 열매처럼 익은 꿈들이
찬 서리 피해 떨어지던 계절에
가슴 속을 파헤치며 갈망하던 잡을 수 없었던 욕망은
물레처럼 돌며 멈추지 않고
어머니의 한은 새로운 탐구를 목말라하는
허파 속으로 숨 쉬어져 왔다
평생을 고생하며 가족에게 바친 어머니의 한…

모든 걸 다 녹이며 이 세상을 깨뜨리는 시간이 흐르고
물레처럼 허공중에 수없이 맴돌던
상념들은 배설하지 못하고 쌓아놓았던 노폐물을 길러 발산해버리고
영혼이 맑은 진주목걸이 되어 돌아왔다
풍구로 바람을 불어 불을 계속 피워
솥 안에 들어있던 누에고치가
끓는 물속에서 계속 돌고 돌아 명주실을 뽑아내고
입맛 돋우는 탐스럽던 번데기의 변신은
긴 고통의 방황 속에 탄생했다
무더운 날 뿜어 나오는 물줄기처럼
꿈을 가로막고 있는 갈등의 언덕을 배설물로 쪼개 내보면
떠돌던 고통의 한이 허파 속에서 신선한 피로
바뀌어 꿈이 되살아나는 심장으로 들어가
오십년 걸린 방황을 여행하듯 끝내게 했다

2부

나의 봄을 기다리면서

뒤 늦은 사랑

평생 70년을 가까이 살고도
사랑 타령 하고 싶습니다

남편 아들 딸 손자 손녀가 있어도
세상을 몇 바퀴 돌아온 추억이 있어도 채워지지 않는
깊은 가슴속 사랑은 외로워 울고 있습니다

무엇이 사랑인지요
풍족하고 원만해서 더 이상 바라는 게 없고
모든 것을 내려놓고 욕심을 지우며
살아가는 것이 노년이 된 나의 갈 길이라면
자꾸만 쓸쓸해져 가는 마음은 무엇으로 채울까요
헛된 공상 속에서 갈구하는 달콤한 젊은 날의 아름답던
사랑을 지금도 찾아 방황하는 것은 아닐런지요

채워지지 않는 허전한 가슴속 몸에 병이 들어
내 몸을 지키려고 온 정성을 다하고 신경을 써도
가슴속의 깊은 사랑은 외로워 울고 있습니다

진정으로 사랑하고 싶은 게 무엇인지
또 물어봅니다
자존심 하나로 어려운 시간을
지켜온 젊은 날
병든 몸에 자존심마저 무너진
아픈 사랑은 아닐런지요

그대

그대
그대의 조그만 친절

나를 좋아한다는 착각은
그대를 사랑하게 만듭니다

아직 더 일할 나이에 병든
내가 가여워 조금 더 배려한 것뿐인데
나는 기분이 좋아져
그대 생각하고 아늑하게
퍼져오는 사랑의 그림자를 느낍니다

먼 곳에서 스쳐오는
사프란의 향기처럼
싱그런 기운이 나는 느낌이
오늘 하루 편안하고 따뜻하게
그대 생각하며
행복해진답니다

잊혀진 추억

설레이는 가슴으로 떠난
여행에서 젊은 날 잠시나마
청춘을 설레게 했던 그 사람 만난 날

세월의 업은 하마보다 크고 무섭다
세월은 모든 걸 삼켜버려
그 사람에 대한 기억을 잠재웠다

긴 세월의 이야기는
스쳐 지났던 인연의 그 사람을 잊혀지게 하고
모든 걸 새로운 세상으로 느껴지게 하는 힘이었다

세상의 아픔을 품고
노년이 되었지만
시간의 흐름 속에서
가슴에서 속삭이던 본능의 느낌은 그대로

스쳐 지나간 감미로운 봄바람 같은
기억의 흐름은
손 한번 잡아본 것도 아닌데
되살아낸 잊혀진 추억

내 사랑

너를 닮은 사람에게서
냄새나는 내 사랑

아아!
내 사랑은 기다리다 지쳐
시들어가는 풀잎처럼
아파할 힘도 없네

목 메이게 외쳐서 갈 수만 있다면
내 사랑 보내리

오래전에 떠나보낸 내 사랑

사랑을 노래 부르다 떠나버린 그대 너무 아파
그대 만져보고퍼도
가까이 있어도
잡을 수 없는 내 사랑 그대

배신

남의 사랑을 엿보다 들켜 버린 수줍음 같은 사랑
잠자리에 누워 오묘한 환상에
빠져드는 그대 품안
이제서 사랑을 얘기하다니
잊혀진 그대 사랑은 강하고 강하옵니다

죽을 때까지 숨기고 싶었던 사랑
비탈진 언덕 밭에
탐스런 조 이삭들이 알알이 영글어가는 가을바람소리
가득 삼키면
그대 그리워

철없어 그대 사랑을 받아들일 수 없던
오랜 옛날
수없이 많은 세월 흘러도
그대 그리워
그 모습 내 마음에 바느질하듯
새겨지는 아픔

잠자는 이여

그대 가슴을 울려보세요
천지를 울리고도 남을 소리로
가슴을 열어보세요

허둥지둥 쫓아온 세월이라
손에 잡히는 것 없이
황홀한 춤을 추는 이들의
뒤편에 서서 서성이지만
가슴을 닫고 잠자는 이여
그대 가슴을 열어
심장에서 뛰는 소리 들어보세요

그대의 소리는 멋진 교향곡으로
몸차림하지 아니한가
꿈을 잃어가고 있는 이여
그대 가슴을 열어
진정으로 원하고 있는 내면의 세계에
한번 빠져보세요

그러면
아름다운 세상이 보이지요

버스 안에서

달리는 버스 안에서
끝없이 펼쳐진 넓은 벌판에
하얗게 쌓인 눈을 바라보니
물결치듯 상상의 나래가
넓은 들에 내려앉는다

하얗게 덮인 들판 위에
춤추는 두 영혼이 보인다

평생을 사랑하고도
그 사랑을 노래 부를 수 없었던
님의 아픔

사랑을 의심하며
함께 할 수 없었던 소녀의 진실이
생명이 꺼져가는 순간에
그 의미를 깨닫고
두 영혼이 저 들판에서
간절한 사랑의 춤을 추리

다시 태어나면 두 영혼을 헤어지지 않으리
한쪽을 의심하며
받아들이지 못하는 슬픔을 새기지 않으리

춤추는 두 영혼
사랑하는 두 영혼

슬프게 하는 것들

파아란 가을 하늘을 보면 눈물이 난다
맑은 물이 골짜기를 흐르다가 웅덩이에 고여
떨어진 나뭇잎새를 선명히 보여줘도 눈물이 난다
하늘도 물도 맑고 푸른데 내 마음만 검게 물들어 있다

동생이 아파서 고생하는 모습을 보면
그리고 떠날 날이 멀지 않았다는 걸 느끼면
더욱 슬프다

하얀 햇살이 밝게 비춰주는 세상은
밝고 아름다운데
우리가 가야할 길은
어둡고 차가운 길이다

슬픔을 이겨낼 나이가 되면 잊어질까?

청주

30년 가까이 꿈을 키워준 고향이라서
30년 가까이 살면서
구석구석 누비고 헤맨 고향 청주

억세게 운이 좋아
그곳에서 태어나 그곳에서 처녀시절 보내며
구름과 달, 별을 보며 바람과 사랑 나눈 곳

흘러간 세월 흐르는 물 되어
제자리 돌아와 목청 돋우면
끔찍이 아껴왔던 소녀시절
펄펄 첫눈으로 날아와
허공을 하얗게 수놓는다

바람이 나뭇잎 흔들어 꿈 깨우던
어린 시절 맑디맑은 바람 불어
소나무 숲 밑에 숨어 둥지 튼 알 품는
산새알 엿본 그 사랑 간직한 추억
30년 살아
내 인생 모두를 차지한 청주

강한 잡풀에 양분 빼앗겨
못 자란 화초처럼
덜 자란 열매처럼
익지 않은 상처 난 꿈이
일상을 헤집어 놓아도
어린 시절 소중히 간직한 사랑하는 고향 청주

정원

꽃을 가꾼다고
아침저녁으로 정원을 살펴보고도
장미 잎사귀 갉아먹는 벌레 발견하지 못하고
꽃을 못 키운다고 미안해하네

잡초에 핀 꽃 한 송이 아까워 뽑아내지 못하고
정원 지저분해 보여도
곁가지 잘라주지 못하고 꽃 키우는
재주가 없다고 미안해하네

세월의 때가 묻어있는
강한 햇볕에 그을린
상처 난 화분을 버리지 못하듯
떨어진 나뭇잎이 바람에 굴러가면
흔적을 남긴 지난날들 잊지 못하고
꿈이 아쉽다고 미안해하네

먼저 채우고 싶은 것은

이른 아침 넓은 들은
텅 비어 있다
너무나 채우고 싶은 것이
많아 적막하다
저녁 무렵
지평선 위에 남아있는 햇살마저
숨죽이고 사라진다

추운 겨울
넓은 들은 비우고 있다

먼저 채우고 싶은 것은
꿈같은 사랑이다
아름다운 사랑
새로운 꿈을 심어주는
그대의 감미로운 사랑

꿈

오늘 초저녁 잠자리에 들어 그대 보고 싶어라
달빛이 아름다워 신비한 세상으로
데려가는 옛날 옛날의 그 시절

그대를 사랑했기에
밤새 잠 못 이루고 그대 생각하고
그대 만났던 일도 기억하며
들려주던 얘기 전설처럼 떠올리며
아득한 웅덩이에 빠져 허우적거리다
훨훨 날아가는 선녀가 되던 그 꿈을
다시 꾸어 봤으면

그대 객지에 나가 살아온
지금 이 시간
나는 그대의 사랑 찾아 헤매네

사랑 1

사랑은 변할 수 있는 것
영원한 것은 아니다
첫눈에 반해버린 사랑
가슴에 꼭 박힌 사랑
이런 사랑들은 젊었을 때의 사랑이다

아름다운 청춘 그 시절엔
깜깜한 밤에 반짝이며 날아다니던 반딧불이
날이 밝으면 보이지 않는 반딧불처럼
이별의 아픔만 남겨놓은 사랑이었다
사랑은 다듬어지고 만들어지는 것이다

어렸을 때 가슴에 남은 사랑은
세월 따라 변해간다

믿음이란 진실 속에서 피어나고
서로를 아껴주는 사랑은
큰 사랑으로 다듬어지고 만들어진다

하루하루 진실한 삶을 살고있다면
우리의 사랑은 영원한 사랑으로 변해간다
서로를 바라보면서 변해가는 모습을 지켜보는 사랑이
중년의 모습들을 아름답게 한다

모든 걸 감싸 안고 삭일 수 있었던 믿음의 세월이
아름다운 사랑을 다듬어가고 있다

그대

장미 한 송이 꺾어 그대에게 드리면
중년이 된 당신 얼굴에
익지 않은 시큼한 살구 같은 웃음이 보이네

그대 잠자고 난 자리에 그대 체온 배어 있어
땀 냄새 맡으며 살아온 세월
폭풍우처럼 흔들렸던 청춘은 잠시 머물다
사라지고 조용한 침묵의 세월이 있었네

장미 한 송이 그대에게 드리고
무슨 향이 나냐고 물어 보면
아무향이 나지 않는다 하네

일만하다가 코도 막히고
눈도 멀고 귀도 막혀있다 하네

일만해온 당신 덕분에 우리 아이들
내 가정 보금자리엔 훈풍이 불어와
새로운 새순이 돋아나지만
어깨 굽은 당신 뒷모습에
장마에 넘쳐흐르는 시냇물
사랑이 흐르네

님 떠난 후

간다고 준비하면서도
못 가던 길을 님은 떠났습니다
지난밤 꿈에 잘 자라던 화초가 꺾이고 말라죽어
님이 떠난 줄 알았습니다

떠난다고 아주 가는 것은 아닙니다
님이 뿌려놓은 씨앗에 싹이 터
훗날 더 큰 사랑의 열매가 맺어
영혼이 영원하리라 믿었습니다

님 너무 아파
이승과 저승을 헤매며 고통스러워해도
싸우는 것은 자신일 뿐
아무도 도움이 되지 않는다는 것을 알았습니다

옆에서 지켜봐주는 것 이외 해줄 게 없어
이 세상에 태어나 나를 아끼고 사랑하고
나만이 존재함을 깨달았습니다

내가 병들어 죽어 가면 나만 모든 사람들
기억 속에서 잊어갈 뿐 아무것도 아닙니다

님이 떠난 후 님을 보낸 아픔보다
다시 들을 수 없는 님의 목소리
온 몸에 느껴지던 님의 따듯한 사랑
다시 느낄 수 없어
입김에 녹는 첫눈 같은 울음 울었습니다

남아 있는 내 사랑

속아온 사랑이라고 빈정대도
후회 않습니다
사랑은 흐르는 물 같아
사랑을 하다 님이 떠나간 눈물진 자리에
님이 찾아와 애틋한 사랑을 하고
님이 옆에 있어도
느낌만 같으면 모험 같은 사랑을 하게 됩니다

가슴에 남아 있는 사랑의 깊이가
중요한 거지요

그대 사랑 내게서 떠나
다른데 가 있다 해도
남아 있는 내 사랑 소중히 간직할 수 있다면
그것이 진실한 사랑 아닐는지요?

옛날 얘기

그대가 나만을 사랑한다고 맹세했습니다
빨간 장미보다 더 진한 핏빛으로
할딱거리는 심장에서
쏟아져 나온 손가락 끝으로
영원히 사랑하겠다고 했습니다

어린 시절 열여덟 살의 소녀는
사랑이 중요하지 않았습니다
긴긴 삶의 여행을 출발하던
그때는 그대의 사랑이
눈에 들어오지 않았습니다

소녀에게는 가슴 벅차오르는 욕망과
인생의 마지막 지점 그어놓고
그 길을 달려가고 싶었습니다

그 길 따라 달려오다 지쳐
되돌아서 보면 그대는 먼 곳에 있었습니다
다시 만날 수 없는 곳으로 향하고 있었습니다

그대 사랑 내 곁에 머물러 떨어지는 꽃잎 되어
환상의 세계로 끌고 갈 때
소녀도 그대를 사랑했습니다

남편

그대 위한 식탁에
뻐꾸기 소리 들려오는
옥상에서 갓 따온 채소들로
푸른 식탁 준비하면
도란도란 피어나는 웃음꽃

아이들 남겨두고 훌쩍 떠나
지난 여름밤 꿈꾸다 돌아와
잊어버린 옛 이야기 더듬어
식탁에 펼쳐놓으면
고단한 일상 백리로 도망가는
바닷가 조약돌 만져주던 파도 소리 같은
청순한 사랑을 변함없이 지켜주는 그대

마누라 욕심 채워주려다
떠나버린 청춘 아깝다고 하면서도
일을 아내보다 더 사랑하는 그대

오늘 식탁은
별빛 같은 행복이 쏟아지고 있다

그믐달

새벽 그믐달위에
샛별 하나 보인다
샛별이 얼굴 한번 비춰보자고 쫓아다녀도
그믐달은 몸을 숨기고 있다

바다 지평선 위에서 달려온
아침빛이 지워버리는 그믐달
고향 찾아가는 기러기가
말이 없는 그믐달은
너무 차가워서
바람도 말을 못 붙여도
보름달을 기다리고 있다

꿈꾸어 오던 사랑
흔적 없이 사라져도 다 빼앗겨
꿈꾸어오던 사랑 흔적 없이 사라져도
때가 되면 나타나는
그믐달의 첫사랑

그대 곁을 떠나와

그대 곁을 떠나
집으로 돌아오는 길에
버스에 몸을 의지하고
눈을 감고 있노라면
바퀴가 거꾸로 돌고 있는 느낌이 든다

믿음직스런 그대건만
늘 먹고 사는 것에 신경 쓰이는 나
아무것도 못한다고
나를 곁에 붙들어두는 그대
생각하면 도로 가고 싶어진다

그래서 버스 바퀴는 헛도는 소리를 낸다

언제나 양쪽 살림을 청산하고
한쪽으로 모을 수 있을꼬
하늘을 보니
오늘의 해가 넘어가려면 아직 멀었다

거울에 비친 나를 보며

거울 속에서 어떤 아이가 앉아서 울고 있어요
잃어버린 꿈을 찾아야 한다고

거울속에서 이상한 소녀가 찡그린 얼굴로 소리치고 있어요
조금 전에도 있었는데 그리운 친구가 떠나갔다고 서운해하지요

거울에 비쳐진, 어디에서 쫓아온 나를 닮은 사람이
거울 보지 말라고 외칩니다
거울 속의 여자는 주름살이 생기고 얼굴이 푸석푸석하여
병든 여자 같아 거울 보는 것을 싫어합니다
먼데서 오다 지쳐 쓰러져
흉한 모습으로 비쳐진 그녀가
낯설어 떠나라고 외칩니다

어느새 이런 모습으로 변했는지
그 모습 믿고 싶지 않아 거울 앞에서 떠납니다

스스로 자신하며 예쁘다고 자부했던 옛날
나를 사랑하고 예뻐해주던 거울은,
소녀가 떠난 후
늙고 병들어 기운이 없는 지금의 나를 비춰줍니다

어느새 변한 모습 부끄러워 말도 못하고 도망가려하는 나는
무서워 그리움 하나 불러봅니다

아직 못찾은 꿈이 하나 있다고…

그 시절

하고픈 일이 많던 어린 시절
해맑은 꿈 타오르는 가슴 잠재우며
들어오던 숱한 소리들

선녀 같은 부드러운 선율과 천사의 눈빛을 가진
따뜻한 가락들
눈감으면 떠오르는 상상 속에 말 타고 달리던
그 시절 꿈을 쫓아서
훗날 따뜻한 마음으로 지혜로운 삶 맞이하자고
오르락 거리던 숨결

아름다운 시선으로 괴로움을 포옹할 수 있는
삶의 여유 속에 흐르는 풍부한 상상력을 키우고 싶었던 그 시절

차곡차곡 사물을 사랑하는 감성을 길러주던 그때 그 음악은
폭풍우 속을 달려가던 말 위에서
사랑하는 느낌을 풍부하게 갖고 싶어
전원에서 새소리 들으며
기억들 속에서 상상하고 사랑하는 느낌을 채우고
잊지 않기 위해 앞만 보고 달려야 했던
그 시절 그 향기

참사랑

그대 사랑하고 싶습니다
사랑스런 눈빛을 보고 약속하고 싶습니다
꿈을 찾아 헤매다 돌아온 날들
젊은 시절에

사랑의 느낌마저 잊어버리고 살아왔으니
앞으로 사랑하며 살겠다고 약속하고 싶습니다

세월의 흐름이 너무 빨라
사랑이 뭔 줄 모르고 살아온 길이기에
서로 아끼며 사랑하겠다고 약속하고 싶습니다

사랑은 서로의 믿음이고 약속입니다
벼락이 치는 일이 있어도 놀라지 않고 믿고 따르는 용기입니다

긴 세월 동안 말없이 살아온 그대는
사랑한다고 말하지 않아도
사랑이 가슴에 가득 넘쳐 먼 훗날 아픔도
아름다운 사랑으로 비쳐질 그날들
그대 앞으로는 솔직하게 사랑하고 싶습니다

그대 사랑스런 눈빛을 쳐다보고
마지막 남은 날들을 약속하고 싶습니다

사랑 2

이 세상에서 완벽하고 성스러운 사랑
마음속에 평화가 흐르는 사랑
몽땅 주어도 아깝지 않은 내 사랑

맑은 눈을 바라보고 있으면 행복해지는
어머니란 이름으로
품 안에 안은 아가의 숨소리 들려올 때
어떤 난관도 지켜주고 이겨내 주고 싶다

할 수만 있다면
무엇이든 망설이지 말고 하리

어머니의 청춘은 시들어가고
온 세상을 독차지하고 뛰어다닐 내 사랑
사랑은 이어져오고
사랑은 윗사람한테 받은 것을
아랫사람한테 전해주는
인연의 끈

우리들

비슷한 모습으로 닮은 우리들
웃음도 울음도 닮아가면서 자라온
우리는 생각은 닮지 않는다

사랑의 본성이 성품 타고날 때
다르게 전해진 것은 오래 전 영혼들의 간섭으로
각자의 삶을 살고 있는 우리들

울타리 속에서 같은 모습으로 살았어도
알을 깨고 세상 밖으로 나오면 변해가면서
다른 모습으로 사는 우리들

나이 들어 늙어 가면 늘 그리워지고
한쪽 가슴이 비어 있는 듯
허전한 똑 같은 사랑을 받고 살아온 우리들

비슷한 꿈을 꾸면서
멀리 떨어져 살아도 보고 싶고
그리워하는 우리들

바라는 것

아름다운 저녁놀 하늘 곱게 물들이면
멋있다고 소리쳐 보고 싶다

파란 하늘이 빨간 색으로 물들면
정열을 뿜어내는 춤을 추고 싶다

이성이란 굴레 속에서 갇혀 있어
현실을 참고 자제하고 인내하지만
마음껏 하고 싶은 대로 못하는 것은
이웃이 피해 입을까 두려워서다
이른 아침 떠오르는 해를 보고 바라는 것은
살기 좋은 세상을 만들고 싶다

아름다운 저녁놀 보면서 바라는 것은
온 세상 아름다움으로 물들이고 싶은
미친 사랑을 하고 싶다

남의 눈을 의식하지 않는 사랑
가슴에서 뛰고 있는 사랑의 몸부림
미친 사랑

사랑 3

사랑하는 바람
여린 감나무 잎이 유리처럼 빛나고
맑은 향기 속에 묻히면
사람의 향기 순수한 밝은 햇볕의 그림자
달콤한 상황 변함없어
기대어 애기하고 싶고 나뭇잎새에 머물고 싶다

연한 애기 잎새 닮은 보호받는 청순한 사랑
강렬한 태양과 강한 녹음 오기 전
부드러운 손길과 달콤한 사랑 가득 받고 싶은 바람
바람은 사랑하는 연한 잎새 흔들어
은밀한 자의 향기 속삭여준다

이 세상 시작될 때
감나무의 싹이 터 깨끗한 모습으로 반짝이며
아름다움 발산할 때
갓 태어난 애기처럼 보고만 있어도
웃음이 가득한 그런 사랑 받고 싶은
바람도 애기 울음소리 내며 떠나지 못하고
잎새에 숨어 있는 꿈 같은
사랑을…

사랑 4

연한 감나무 잎이 유리알처럼
반짝이는 이슬 머금은 순수한 사랑 담고 있어
늘 그리워 하는 햇볕
청순한 사랑 변함없어 기대어 잠들고 싶고
품안에 안기고 싶어 늘 아름다운 모습

황홀한 추억 생각하는 꿈꾸는 사랑
사랑은 이 세상 다할 때까지
속삭이고 가슴 속 아픈 그리움

바람따라 떠나간 사랑
잊혀져가는 사람들과 영원히 살고 싶다

수천년 이어온 사랑의 단비 내리다
행복한 삶을 약속한 사랑은
변함없는 비단결 같은 눈빛으로 바라보는
춤추는 사랑 간직한
자상한 손길

어릴 적 시절 그 사랑

당신

멀리 떨어져 사는 당신
이 세상 나오는 날

밝고 아름다운 세상만 살아가는 꿈 소망 안고
태어난 당신

팔자에 역마살 있어
전국에 떠돌아다니다
집에 오는 날 기다리며
애틋한 그리움 간직하며 사는 당신

당신은 참고 견디며 살아온 외로움을
따뜻한 정겨운 사랑으로 표현하는 맘을 갖고 있어
항상 새로운 집을 짓는 산새처럼
멋있는 사랑을 채워 넣으려 애쓰는 당신

슬픔의 집
보고픔의 집
웃음의 집
행복의 집

괴로운 일에 슬퍼하던 마음도
당신만 보면 미소 지을 수 있는 이유
당신은 사랑 싣고 찾아와 푸른 꿈 주는
바람 같다

늘 변함없는 사랑
기다리는 나의 당신

할 수 있는 사랑

그대와 함께 살아온 세월이
사랑이 아니었다 해도 슬퍼하지 않으리
새끼 정성을 다해 키워 날 수 있으면
훨훨 멀리 날아갈 어미새

우리가 할 수 있는 건
새처럼 자식 키워
날 수 있을 때 떠나는 것이다

천둥 울고 비바람 치던 날
새끼 품에 안고
온몸으로 막아주던 사랑
고귀한 사랑 슬픈 사랑

이 세상 덮을 수 있는 사랑을 받고 자랐어도
그것을 알 수 없는 우리는
당연하게 받고 살아와
큰사랑 얻어 또 그렇게 사랑하리

사랑을 릴레이 운동처럼
손끝으로 전해지는 유전인자이다

손 아래로 흐르는 사랑
거슬러 오르지 못하는 물고기처럼
잠자리에서 맴돌고 있는
슬픈 사랑

은혜

바쁘다는 핑계로 자주 가보지 못하는
봉은사

사람들이 많이 모일 데
순서를 기다리며
은혜로운 축복을 받는 곳

종소리 울리고 영혼을 찌르는 음성 들려올 때
두 손 모아 기도하는 소망을
마음속에 담아내는 곳

자비와 은혜의 사랑이 가득해
마음 편해지는 이곳에 오면
무거운 마음 거두어 주고
은혜로운 마음 넘쳐나게 해주는 곳
부처님을 만났다는 이유로
수많은 사랑 받고 가는
은혜의 길

몇 천겁 지난다해도
변하지 않는 사랑
영원한 사랑

그대

사랑한단 말은 안 해도
그대 얼굴 표정 보면 알 수 있다

진정 무엇을 생각하는지
반세기 가까이 함께 살아온 그대는
늘 행동과 말은 변함없지만
눈빛에 담겨진 그대 사랑 흘러넘친다

우린 삶을 걱정하고
인생의 탑을 함께 쌓아가는 반려자이다
사랑한다는 표현은 안 해도
정성을 다하는 그대

말 대신 그윽한 눈빛으로 속 깊은 사랑하고
함께 걸어온 길을 또 함께 가길 원하는 그대
그대가 있기에
편안한 생활이 되고
더 많은 일을 하고 꿈을 꾸며
미래를 계획할 수 있는
내 사랑 그대

시인

꿈속에서 집안의 대종손을 만났다
땅을 일굴 수 있는 삽을 달라고 했더니
직업이 뭐냐고 물었다
특별히 잘하는 게 없어
시인이라고 답했더니
흡족해하며 삽을 주었다

친정을 떠나 시집온 지 어언 삽십년
나의 뿌리는 무엇이며
추구할 삶은 무엇이며
무엇을 남기고 떠날 수 있는가
빈손으로 땅을 일굴 순 없어도
삽으로 땅을 파면 무엇이든
뿌리고 가꿀 수 있다
종손어른이 선뜻 내준 삽
시인이라는 말에
그 삽으로 내 마음의 밭을 가꾼다면
나도 시인이 될 수 있으리라

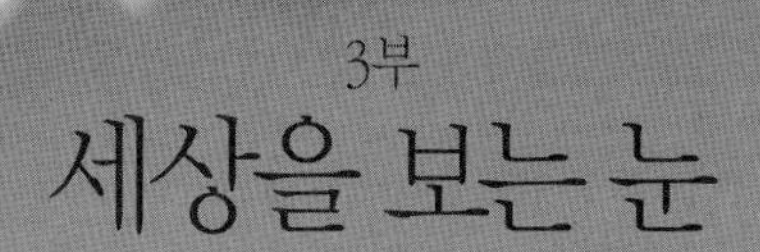

3부

세상을 보는 눈

덕유산

아침저녁 찬 이슬 먹고 곱게 물들어 가는 나뭇잎이
각자의 순수함대로 나뭇가지에 매달려
잎들이 바람이 데리러 올 때까지
기다리는 자연의 이치

세상을 원망하며 하늘의 탓이라고 하지 않으려 해도,
지나온 세월 중에 한 순간이 생각날 때면 아려오는 허무

덕유산 정상으로 가는 길,
좁고 고요한, 외길이어도
밤에는 다람쥐가 도토리 주워 날랬을 침묵의 길이어도
동행하고픈 어머니를 불러봅니다
우리 어머니 살아생전에
자식 키우시느라 고생만 하신 어머니

키 작은 대나무 숲길을 지나갈 때
일부러 대나무를 흔들어 울게 합니다
일에 지친 숨 가쁜 어머니의 숨소리라도 듣고 싶습니다

고요하게 어머니 불러봅니다
인생은 어차피 가는 것…
모든 것은 자기 운명이지만
나뭇잎이 곱게 물든 거대한 자연의 아름다움은
그리운 어머니 냄새를 눈시울에 적셔줍니다

한나절 산길을 굽이 돌아 올라와도
첩첩이 보이는 깊은 계곡 깊은 산
많은 사람들의 아픔을 달래주는 일을 하는 덕유산의 좁은 길

세상을 보는 눈

서울의 노른자 강남
사람들은 강남에서 살고 싶다 한다
강남 사람들은 우리나라에서
제일 좋은 곳에서 살고 있다고 자부한다
강남은 길이 넓다
강남 처음 이사 가던 날
무역 센터 앞 도로가 허허 벌판처럼
텅 빈 도로
강남은 부자동네지만
현실은 따라잡지 못한
세상을 버린 사람들이…
울면서 사는 사람도 많은 곳이다
사람도 차도 모여들어
지금은 무역센터 앞도로가 늘 막힌다

풀 향기와 상큼한 새벽공기가 그리워
서울 첫발 디디고 자리 잡은 곳
다시 돌아가
보금자리 틀어 안정이 되어서야
다시 세상을 보게 된 눈

관악산에 모여 사는 사람들이 보배다
맑은 공기 아름다운 자연
관악산을 사랑하는 신림동 연가를 부르리
이곳에서 살다가 죽으리라

우리 집 1

혹독한 추위 견디어낸 양지녘에 봄아지랑이가
피어오르는 집 앞의 언덕

키 재기하며 자라나는 생명력에
'아카시아 나무 잘라주어야 꽃이 피는데…'
내 마음엔 아직 추운 겨울이다
등을 두드리고 있는 찬바람
스산한 아픔이 가슴속을 파고들어 차가운 기운 가득하지만
세월은 반항하게 할 수 없는
자연의 순리는 감탄사를 외치게 한다

'벌써 노오란 개나리 피었네
가꾸지 않은 전원의 향연은 새들 불러 모은다
조팝나무의 진한 향기 품은 하얀 손이
사철나무의 푸른 잎 속에 숨으려 고개 숙이고
벚꽃이 봉우리 터트리려고 손짓한다
철쭉도 가시나무 속에서 잎사귀 돋우고 꽃피려 하네
가시가 있는 나무 옆에서 아름다운 꽃을 잉태하는
꽃처럼 우리의 삶엔 가시처럼 찌르는 아픈 순간들이 있다

가시를 잘라내지 않아도 아픔을 느끼며 견디어 내는 꽃들의
생명력 들은 찬란한 봄이다

가시나무를 잘라내지 않아도 봄의 꽃 잔치 시작되듯
가시처럼 찌르는 아픈 순간도 우리 삶의 큰 몫이라면
기꺼이 두 팔로 안아 포옹하리

동네 1

신림동 관악산 자락
살림살이 스무 해

여러 조상신 지신들의 힘 얻어
동네 꼭대기에 살림집 열어
서울 시내 한 눈에 보이는 곳
시원한 산바람이 마실 오면
걱정하던 살림살이 잠깐 물리치고
서울 시내 바라보면
눈에 보이는 것은 그림물감으로 그린
수채화가 가득 들어온다

밝은 회색 물감으로 모든 사연 감추느라 덧칠하고
지붕으로 연결된 작은 화면 그려
거대한 캔버스 위에
넉넉한 행복만 보이는 곳
아픔 시련은 보이지 않고
산새소리 따라 들려오는 웃음소리

동네 2

이 세상에서 가장 아름답게 사는 것
한해가 저물어 가는 십이월
스산한 바람과 몸에 바짝 달라붙는 추위
잿빛 하늘에 걸리어 있다
눈을 들어 먼 곳을 향하니
아름다운 나의 동네 생각난다

진정 이 세상에서 가장 아름답게
사는 것이란 남을 속이지 않고
진실 되게 양심적으로 사는 것이리라

복잡하고 번뇌 서린 현대에서
아름다운 모습을 지킨다는 것은 어렵다
아름다운 몸매를 가꾸는 노력보다 힘겹다
수많은 정신적 갈등을 이겨내기 위해
생각하고 가슴에서 우러난
웃음을 짓기 위한
원초적 텅 빈 마음 씀을 갖도록
노력하는 것이
이 세상에서 가장 아름답게 사는 것이리라

가난

가난이 무서운 것은
배고픈 설움에서가 아닙니다
가난이 무서운 것은
소녀 시절 예쁜 옷을 입을 수 없어서가 아닙니다
가난은 행복을 병들게 합니다
가난은 꿈을 병들게 합니다
가난이 무서운 것은
사랑이 가득한 양지에 찾아오는 것이 아니기 때문입니다
가난은 한이 서려 골 깊은 곳에 찾아와
희망과 꿈을 가질 수 없게 잘라 놓고
도망가기에 무섭습니다

가난은 꼭 싸워 이겨야만
행복한 사랑을 찾을 수 있습니다

거미

거미가 고개를 들고 세상을 본다
화분 밑에 숨었다가
거미가 눈을 뜨고 세상을 본다

밖에 나와 활보해도 좋은 세상일지 몰라
거미는 찬 겨울을 나기 위해 화분을 집으로 정했다
겨울이면 따듯한 곳으로 옮겨질 화분임을 알기에
겨울을 나기 위해 피신하지 않아도 되었다

따뜻한 방에 옮겨질 화분은
세상 걱정을 하지 않았다

봄이 되면 다시 밖으로 나올 걸 알기에
거미는 세상일이 궁금해 질 때마다
화분 밑에서 빠져나온다
그리고 달려본다

겨울이 얼마나 지났을까
이곳의 사정이 나아져서 다녀도 될지
아직은 덜 익은 겨울이다
찬바람이 창에 매달려 울지도 않았다

고구마 한 솥 찌어 끼니로 때우던 겨울은
눈 감은 저 편 언덕에 있고
우리의 겨울은 따듯하다

칼국수 집

칼국수 집 벽에 걸린
까아만 곰팡이 슬은 작은 조롱박들

덜 익은 박 덩굴에 서리가 내려
주인이 거두지 않아
비바람 맞아
꺼뭇꺼뭇한 곰팡이가 슬은
조롱박을 가져다 소품으로 장식한
칼국수집 주인의 마음을 본다

다른 장식품보다 더 눈에 띄는 것은
남들이 소중히 간직하지 않는 것을 사랑하는
이 집 주인의 별다른 면

나는 지난 가을 서리 오던 날
평생 처음 박을 세 통 땄다
여린 살이 보이는 박을
톱으로 잘라 속을 파내서
솥에 넣고 푹 삶아 만든 바가지

단단히 여물지 못해 찌그러졌다고
버리지 않았던가?
아직 자연의 멋을
모르는 부끄러운 나

언덕

어스름한 저녁 빛이
산 밑에서 먼저 찾아오면
저녁밥을 끝내고
평탄하지 않은 동네 길을
한 바퀴 둘러본다

사시사철 바람이 일렁이는
언덕은 꿈의 요람이다

가슴 아픈 이가 속내를 뒤집어주고
속을 씻어주는 바람 한 줌으로
마음속에 쌓아놓았던 이야기들을
꺼내어 놓고 간다

멀리 바라볼 수 있는 언덕은
편히 쉬었다 가라며
이야기들을 담아 산 계곡에 쌓아 저장해주고
흔적을 지워주고 있다

들꽃처럼

더 많은 햇살을 따오렴
숲에서 나와 길섶에 자리 잡아 피어나는 꽃

길을 걸으며 보는 것은 시든 꽃망울
언제 활짝 피는지 아는 이 없어
늘 입만 다물고 씨앗 터트리는 날을 기다리는 꽃

깜찍한 몸짓 지켜보고파 입 다문 봉우리 꺾어
곁에 놓고 물을 주면
햇빛 달빛 별빛 깨뜨려 초롱초롱 빛나는 꽃

풀꽃 사랑 피우는 햇빛 정해놓고
우주에서 흘러나온 기 받아
축복 받은 자기의 시간이 되어야 피어나는 꽃 그대

자기의 시간을 갖고 자란 저 풀꽃처럼
내게도 저 먼 곳에서 시작하여 흘러온 기의 신비가
영롱한 빛 터트리지 못해 구천을 떠돌고 있다

험난한 길 걸어오다 벽에 부딪혀 아직도
피지 못하고 한 맺혀 떨고 있는 꽃잎

이 세상에서 태어난 기쁨 노래하고
자질구레한 일들 털어버리고
햇빛 달빛 별빛 안이 탄생의 기가 흘러온 먼 곳까지
나누어줄 환한 인생의 꽃 피울 날 기다리리라

잔디

구두 벗고 맨 발로 잔디밭 걸으면
살아 있는 땅의 부드러움을 느낄 수 있다

질경이 씀바귀
잡풀 밟고 지나가면
상할까 근심하는 손바닥에 올려놓은 양심에
상관없다고 옆구리 찌르는 간지러움
발바닥에 전해져…

유월 햇빛 머금은 풍요로운 녹음이
서둘러 짜릿한 향기로움 남겨두고
어디론가 사라지는 여름 냄새들

하얀 속살 내 보인 맨발로
풀 섶을 거닐면
누에 집을 짓기 위해 마지막 뽕잎 먹고
기다리던 누에의 변신이
잔디 위에서 펼쳐지고
명주실 뽑아내는 누에고치의 사각거림이 들려온다

무슨 일이든 해야했던 지난 어머니들의 일생
뽕나무 심어 가꿀 공간에 잔디가 심어져
잠시 동안 즐기는 여유의 정취

세월 따라 변하는 세상
잔디밭에서 꿈은 익어간다

돌멩이탑

잠깐 들러 두 손 모아 기도나 하고 가야지
쪽문으로 들어서면
무수히 많은 사람들이 다녀간 흔적이 있다

후원 뒤뜰에 백년의 수령이 넘었을 고목의 그늘에
가려져 잡풀도 버티기 어려운 곳에
간절하게 소원 비는 돌멩이탑
깨어진 기왓장 조각위에 돌멩이 올려놓던 손가락들…
눈이 보이고 기도소리 들린다

작은 돌멩이에 담은 소원
생명력 얻어 제자리 지킨 십 수 년,
바람에 무너지지 않고
사랑 얻어 꽃으로 피어나고 있는 돌탑
늦게 와서 설 곳 없다고 망설이다가
남의 기왓장에도 올려지는 조각품 돌멩이탑

땅위에 있는 작은 돌 하나
얹으면 피어나는 끊어진 소망들
오랫동안 간직한
소망 빌어보고
다음에 올려질 돌멩이 공간
마련하면 발걸음 가벼워지는
돌멩이탑들

공원의자

숨겨놓았던 바람
빌딩 옆 곳간에서 꺼내어
지나가는 아가씨 볼에 핑크빛 물보라 일으켜
눈인사하는 벤치들

노숙자들의 젊은 날의 꿈
잃어버린 벤치

어린 시절 허기진 배 채워주던
고향냄새 풍기는
저녁 놀 포옹의 몸짓이
작은 새 되어 나무에 앉았다

공원 숲을 이루고 있는 나무에 기대
저녁놀 꿈을 빌려온 벤치가
말 못하는 노숙자들의
아픔을 보듬어주고 있다

석굴암 가는 길

한 발자욱 내 딛는 것도 가슴 떨려
지나온 흔적 세며
토함산 한눈에 안아보면
안개비로 가사장삼을 걸쳐 입은
구름이 산을 꼼짝 못하게 하고 있다

구름이 토해내는 몸부림 뒤켠에서
토함산 숨소리 거머쥐면
석굴암 가는 길 신비롭다
구름이 정상에만 걸려있어
계곡으로 달리는 무성한 녹음 골짜기
천년 이은 숨결 가득하고
고개 너머는 아무것도 보이지 않는다

님 보일까 가슴 떨려 고요 깨뜨리는 새소리에
한 숲속 잎새들이
숨 막히는 님의 모습 불러내
오랜 세월 기다려온 님의 음성 들려온다

석굴암 가는 길

신라의 옛 혼은 저 만큼 가 있고
토함산 자락 움직이는 마음 본심 간직하며
님의 모습 닮고 있어
안개비에 숨겨져 있는
석굴암 보러가는 길

뻐꾸기 소리

어두운 골목길을 빠져나온 새벽이
어두운 꿈의 골목길을 빠져 나온 새벽을 위하여
어스름한 어둠 빛 속에 한 발자국씩 다가서는
보랏빛 안개로 에워싸인 관악산이 자리 잡은 시선 끝

만지면 물 알갱이로 터져 나올 것 같은 이른 새벽
녹음의 향긋한 풋내가
커다란 아카시아나무 숲속에서 빠져나오려고
거대한 몸집을 일으켜 나뭇잎 흔들면
오염된 겉옷을 벗어던지고
녹음은 동쪽 끝에서 몰려오는 빛의 고요 입었다

매일 울음으로
사랑을 숲속에 깔아놓는
뻐꾸기의 퍼덕이는 날갯짓이 손닿을 만한 곳에서 들려와
숲속을 젖히고 찾아보아도
무채색으로 칠하여진 모습은 빠져나오지 못하고
고요한 침묵을 떨어뜨리는
뻐꾸기 소리만 고향의 추억을 그려줄 뿐,

타고난 운명의 굴레에 묶여
새끼를 키우지는 못해도
애절한 사랑으로 아침을 물들이고 있다

날이 지날수록 깊어지는
어머니 사랑

화양동

50년 걸려서 화양동이 내게로 왔다
떠오르는 해를 보고
속리산 꼭대기 천왕봉에
오랜 옛날 신들이 흘렸을 눈물들이 안개 되어 흩어진다
계곡의 물이 지나온 길 더듬어 얘기하고 온다

가까이 살면서도 속으로 그리워하던 숲에 가린 하늘이
바위와 물을 사랑하며
길을 내준 골짜기는 시름이 깊은 내게 왔다

자유로워진 계곡의 물이 기쁨을 주체할 수 없어
바위 붙잡고 울고 있다
바위로 소리 내어 울어 주었다

골짜기와 하늘을 날아다니는 잠자리는
화양동 계곡의 울부짖음에 신이 난 듯하다
모래가 퇴적하여 높아진 둔덕에
가벼운 몸 날려 앉은 소나무가 바람에 솔잎의 털을 고른다
계곡 물을 바라보고 있는 바위의 정자는
오늘만큼은 상념에 쌓인 노루 눈을 떴다
오늘이 좋은 갈대 잎사귀는 흔들리지 않고 있다

계곡에 햇살이 비집고 들어오고 있다
아이들이 물속에서 헤엄치고 있다

검은 시름 송두리째 화양동 계곡에 주고
다음에 찾아올 날 기약하는
시원한 물속으로 빠지는 꿈들이 있다

한강의 새

날씨가 쾌청하고
햇빛이 한강 위에서 비단을 짜고 있는 듯한 물결은
잠실 둑에서 무더운 여름 날
내 아이 어렸을 적에
텐트를 치고 밤잠 못 이루는 더위에
낚싯대 드리우고
한강바람 쐬던 그 모습을
물결 위에 비단 짜듯 그리고 있네

멀리 보이는 퍼덕이는 물새 떼들,
수백 마리씩 모여 있는 새떼들
새는 한강 물 위에 살포시 앉아
물결 따라 춤추고 있다

잔잔한 물결 따라
가볍게 움직이는 둥근 모습들의 군무는
한국 무용의 애잔한 느낌을 그려준다

한강의 새들은
가슴 뭉클한 희망의 노래이다

넓고 깨끗해진 한강물의 기적이 자랑스러운 오늘
평범한 사람들의 삶도
더욱 풍요로운 삶으로 바뀐 거듭된 발전은
가슴을 벅차오르게 한다

이웃

창문 열면 아름다운 정원이 보이는 집은 나지막하고
목련 나무가 잘라져 한쪽팔로 꽃 피우는
마당 장독대에 쓸쓸한 바람이 모이면
정원에 물 주던 등 굽은 모습 숨었다

예쁘게 피어난 꽃들은 저절로 핀 것이 아니고
사랑하는 손길을 받아
조금씩 피어나고 있다

만져주고 속삭이며
사랑하는 노인의 살뜰한 모습

인생 팔십에 하루가
걱정되고 허전한 마음

그리고
깊어지는 그리움

아침에 일어나

태양이 떠오르기 전
맑은 공기, 마음 다독여주는 바람이 부는
옥상에 오르면 먼데서 어둠을
사라지게 하는 빛들이 몰려온다

바람 소리
나뭇잎을 흔들어 깨우는 소리
탐스럽게 밝게 익어가고 있는 감 열매는
바람에게 마음의 문을 열어주고 있다

잠시 옥상에 올라 세상을 바라보기만 해도
가슴을 달래고 마음의 문을 열게 하는
고마운 자연이 있다

차가운 느낌이 점점 강해져,
곧 나뭇잎이 물이 들어
떨어지는 쌀쌀한 바람 불어도
오늘을 후회하지 않고 참되게
살았다고 모든 걸 사랑하며
몸이 아파도
쉬지 않고 할 일을 다 했다고 말하리

상쾌한 바람이 부는 아침은
이 세상을 아름답게 하고
친구가 아프다는 소식을 들어도
왠지 살고 싶은 힘이 생긴다

버스를 기다리며

찬바람이 늦은 밤 집으로 가기 위해
버스를 기다리는 가슴팍으로 밀려온다

도심 속에서 빌딩과 매연의 온기로
아름다운 빛깔로 변색 못한
나뭇잎들은 겨울바람에
떠날 준비를 하고
한손에 바이올린을 들고
뒤늦은 공부에 가슴 차오르는
기쁨을 안은 나는
파고드는 찬바람도 시원하다

겨울은 휴식의 공간이 있는
따뜻한 계절

방안에 있는 시간이 많아
가족들의 대화 속에 뛰어들고 싶은
집으로 가는 버스가 오는
춥고 썰렁한 거리

기도

새벽에 촛불을 켜고 두 손 모아 기도하는 나의 바램은
아주 작은 것입니다

딸은 나와 같은 삶을 살지 않게 하소서
간절히 기도하며 이루고 싶은 소망은
전생의 악연이 이생에서 만났다면
이 생에서 악연으로 살아가지 않게 도와주소서

촛불 앞에 두 손 모아 기도해도
어머니를 아프게 했던 철없던 시절은
다시 되돌릴 수도 없다는 것이 마음 아픕니다

내 꿈만 소중하여 어머니 꿈을 밟아버리고
그래서 어머니 앞에서 박박 울어댔던 일들이 가슴 아픕니다
어머님께 용서를 빌기 전에 어머니는 가셨습니다

잘 사는 것이 효도라 하시던
뭐든지 주고 싶어 하시던
어머니의 마음이 잘못했던 일들까지
용서하셨다고 생각하기에는 마음이 무겁습니다

다시 태어나 어머니 앞에 설 때는
당당히 사랑하게 하소서

내 하고 싶은 일만 소중하여
어머니는 자식을 위하여 희생해도 된다는
생각은 갖지 않게 하소서

하얀 할머니

동네 앞에서
무수히 지나온 길에
걸어가는 하얀 할머니

옛날의 모습 남아 있어
어머니 친구란 걸 알지만
누워서 말 못하는
어머니 산소 쳐다보니
동네 아주머니들 함께 일하고
놀고 얘기하시던 모습 보인다

왜 어머니만 말 못하시는가?
굳이 서둘러 가야 했던 이유는
누구를 위한 것이었나?

인사

언제쯤 감사의 인사를 할 수 있을까
어떻게 인사를 할까
선물로 할까
꽃으로 할까?
생각하다 또 시간은 흐른다

동생 병을 수술해준 선생님께
감사의 인사를 해야 하는데
아직도 못하고 있다

곧 죽을 줄 알았던 동생이
살아서 다시 살 수 있는 기회를 준
선생님께 인사를 해야 하는데
존경스럽고 고마우신 분이라 인사하기도
너무 어렵다

친정 집안 언니 아들로
특별히 동생 수술해준 훌륭한 선생님
마음으로라도 늘 감사하며
잊어버리지 말자

중년 여인

사람에게는 따스한 향이 있다
여자에게는 아름다운 냄새가 있다
꽃은 봉오리 맺혀 피어나기 전
숨어서 세상을 볼 때 가장 아름답다

꽃이 활짝 피면
속이 훤히 보여 향기가 가득 풍기지만
시들어 갈 때는 추한 모습이다
꽃잎이 바람에 날려 아무데로든
떠나고 새 생명을 위한 씨앗이 남는다

사람은 젊은 청춘에도 아름답고
늙어가는 중년에도 아름답다
사람에겐 마음이 있어 그 향이 부드럽다

여나 무살 아래인 젊은 남자가
취중에 뱃심이 생겨
중년여인을 사랑한다고 하면
그 여인은 무섭다
일편단심으로 살아온 여인은
남편 외에는 생각할 수 없다

스치는 옷깃에도 사랑을 일구는 마음이 있다
사람은 죽을 때까지 살아있는 냄새가 난다
모든 것이 떠난 것 같은 중년에도
자기 삶을 소중히 가꾸는 향기가 있다
흰머리 생기고 주름진 입술에
번지는 미소가 아름답다

친구 순이

초저녁 어스름한 산에 걸려있는 초승달 마중하고 나서
그리운 친구 순이 불러본다
착하고 동생들 잘 보살피던 친구
방 천정에서 애무하던 쥐들이
침입자에 놀라 달아나던 소리가 성가시기도 했지만
밤마다 서넛이 모여 이불 하나 걸쳐 덮고 밤 지새며
속삭이던 얘기로 꿈을 키워오던 예쁜 친구 순이
시집가서 잘생긴 첫 아들 낳아
애기 못 낳는 형님 내외에게 주고
바로 또 아들하나 얻은 순이
첫 아들 낳아 어떻게 주었냐고 물어보면
누가 키우던 내 아들 아니냐고 하던 순이
우뚝 솟아 피어난 연꽃처럼 환한 미소 그리워
엄마소리 듣고 싶어 가까이 다가서보지만
불러주지 않는 아들 소식
전해준 바람 냄새 맡고 사는 순이
안부 전하면 우리 아이도 잘 자라 대견하다며 자랑하는 순이
착해서 보고 싶고 옆에 두고 싶은 순이
이슬이 밤에 찾아와 무슨 재미로 사냐고 하면
조금씩 변하는 숲속을 보는 재미로 산다고 하네

산새가 새벽에 찾아와
무얼 그리워하며 사냐고 하면
아쉽게 지나간 시절 그리워하며 산다고 하네
오후에 내 님이 찾아와
하고 싶은 게 무어냐고 하면
더 늙기 전에 젊은 날에 남겨두었던
열렬한 사랑 하고 싶다고 노래하리라

딸아 소낙비를 아느냐

앞이 안보일 정도로 쏟아지는 소낙비를
한번 맞아 보렴
이슬비 가랑비 오는 날

우산 갖고 마중 안 나왔다고
투덜대지 말고 가슴 두들기는
소낙비 맞아보렴
네 나이였을 때 엄마가 맞은 소낙비는
두려움이었어

숨 쉬기 어려울 정도로 쏟아지는 소낙비는
달려가면 굵다란 소낙비는
세차게 가슴을 두들겼어

소낙비처럼 미래 두려워
두 손으로 가슴 감싸 안고
소낙비 그치게 해달라고 빌었어

소낙비 그친 후 하늘가에 맺힌 이슬방울
햇빛 받아 꿈꾸는 무지개 피어오르면
소리 지르며 즐거워했어

비에 젖어 허우적거리는 모습으로…
딸아 너도 엄마의 소낙비 한번 맞아보렴

나그네

누워있는 소모양의 산 정상에서
한 눈에 보이는 들판
백일 동안 대지 적신 가랑비외에 큰비 없다

증발해버린 민심에
저녁노을 비친다
황사에 허물어진 저녁 해가
땅속의 봄 펴내어
메마른 논에 가두어
모내기를 마친 들판은
거울 되어 반사되고 있다

정갈하게 줄지어 서 있는
촌 노인네들의 굽은 손이
포기 포기에 꽂혀
찬란한 빛 반사하여
나그네 발목 잡고 있다

어서 어서
집으로 돌아가 하던 일 마무리 지으라고

조용한 아침

달빛이 쉬러간 사이
동네 여인들 싸우는 소리 들려오고
햇빛이 옆 동네로 마실 간 사이
아이들 모여 노는 소리 하늘 가득하고

바람이 늦어서 미처 창문 두들겨 주지 않으면
옆집 잡음 자주 들려오고
생활의 짜고 매운 속이 아려오는
소리 들리지 않으면
창문 열고 밖을 내다본다

숨 막히는 조용한 아침에 새벽공기는
톡 쏘는 무의 매콤한 아린 맛이
혀끝을 자극하고
젖 물린 여인의 허상을 끄집어낸다

나를 소중히 여기다

세상을 보는 눈
가족을 보는 눈이 바뀌었을 때
모든 게 다르게 보였다
세상은 즐거움 환희 희망 품고 있는 산새였다

가족을 소유물로 생각하고
다듬어가고 있는 손길이 행복이라고
오직 가족만 의지하고 바라보다가
어느 날 굴레를 탈출하며 세상으로 떨어지던 날

처음으로 자유를 찾는 노예처럼
무얼 해야 하는지 방황을 하고
망설여지는 자신을 보았다

세상을 보는 눈이
적극적으로 뛰어 들어가게 되면
모든 것은 새롭고 흥미롭고 애정으로 달래고픈 일들이 많다

우선 내 인생을 소중히 여기자
당당히 내게 정해진 몫을 스스로 해결하고
내 몸에 정신에 관련된 일들 스스로 처리하고
온 정성 다해 사랑을 노래하자

늘 상상하고 꿈으로 이어지길 원했던
나를 소중히 여기자

꿈

엄마 뱃속에서
발 뻗던 태아처럼
꿈틀거리는 몸짓으로 꿈이 찾아왔다

내 몸속에 들어가 물결치던 꿈
오른손으로 태동치던 몸짓 꽉 눌러주고 병들의 죽어가는
나약해진 몰골로 찾아 나선 그대
무너지는 삶이 무서워 더 오래 살고 싶어
소리치며 그대 불렀다

귀신이 몰려와 내 방에서
춤추고 어둠 몰려 꿈 깨어나면
입 벌리고 먹이 찾는 꿈의 고충이
가시지 않아 꿈속에 서 있는 나

꿈이 두려워 그대 품에 안겨
뱃속을 만지며
꿈인 게 다행이구나 생각한다

할머니

지팡이 잡고 의자에 앉아 버스 기다리는 할머니
한 보름달 같은 빛을 내고 있다

촉촉한 눈빛 젖 물린 아이 사랑하던 꿈
찾고 있는 듯
성성한 웃음 머금고 있다

머리도 하얗고
옷도 하얗고
피부도 하얀 할머니가
젖먹이 아기 얼굴 훔쳐올 듯
지난 세월에 욕심 다 빼앗기고
애기 같은 미소 짓고 있다

우리가 추구해야 할
선한 모습의 삶이
외모에 그대로 배어 있어
스쳐 지나간 눈길에도 부드러움 가득하여
닮아보고 싶은 삶 기도 해본다

버려진 공

마당 잡풀 속에 숨죽이고
숨어있는 공

누가 찾을 세라 큰소리 못 쳐보고
곰팡이 핀 얼룩 끌어안으며
예전에 이 집에서 살던 아이들이
마당에서 공을 갖고 놀던
짜릿한 추억

공에 핀 이끼에 묻어놓고
누군가 집어주기를
기다리는 공

집어서 쳐준다면
훨씬 높이 날 수 있는데
전 주인이 아니더라도
아무도 돌보지 않는 공은 쓸쓸하다

공을 집어 처마 밑
쓰지 않는 의자 위에 올려놓으면
버려진 공은 새 길을 찾는다

야망

어디론가 훨훨 날아가고 싶다
산새처럼 철새처럼
좋은 곳 찾아 머물다 떠나가는
인생이 되고 싶다

새처럼 새끼 키우다
다 자라면 떠나가는 인생이라면~
가는 곳마다 인연인 된 사랑 찾아
황홀한 시간 보내고 떠날 것을~

사람으로 태어난 우리는
엄마인 나는
평생 자식 걱정하며
자식 위해 사는 것이 도리일까

무언가에 묶여 주변을 바라보며
애지중지하며 현재의 삶을
지키려 하는 바람은 계속되겠지만
마음은 새처럼 날고 싶다

모진 폭풍우를 만나더라도
자유롭게 세상살이 더 하고 싶다

가슴 한켠의 사랑

한해가 저물어 가는 동짓날 어린시절
팔죽을 쑤고 빨간 팥으로 고물떡을 시루에 찌어
그 떡을 집안 구석구석 신들을 위해 떡을 바치고
또 한 해가 무사히 지나길 빌었다

평범하고 무탈하게 무사히 지나가길 원했던 어머니 생각에
눈시울에 눈물 가득하여
가슴 한켠에 묻어있는 또 하나의 아픈 그림자!

그럴 이유가 전혀 있었던 게 아닌데 떠나보내지 못하고
붙들고 있어야 하는 이유는 잊으려고 해도 잊혀지지 않는
이유가 없는 막연한 사랑 때문이다

사소한 인연으로 스쳤던 운명으로 만난 친구였기에
부담없이 만나고 진심으로 대했던 날들이
오랜 세월이 흐른 후 가슴 한켠의 사랑으로 남았다

접근 할 수도 없고 살아가는 모습 엿볼 수도 없는
단단한 성안에서 살아가는 옛 친구

운명의 굴레는 가슴 한켠에서 잊을 수 없는 어머니의 바램처럼
기도하는 마음에 남아있다

속마음 펼쳐보지 못해
늘 남아있는 가슴 한켠의 사랑

남대문

우아한 여인의 몸짓으로 단장한
남대문
화려하고 섬세하여
캄캄한 밤에 조명 비추면
신선이 날아올 듯하다

눈이 부셔 옆에 갈 수 없어
은반 위에 부서지는 별빛 분수대
뿜어주는 물방울
매연 비켜가게 하면
곤하게 무궁화 꽃 몇 송이 피우고
이 세상 욕을 다 뒤집어쓴 무궁화나무가 앓고 있다

남대문의 화려한 아름다움 지키기 위해
까아만 매연 무궁화 잎사귀로 거른다고
오랜 세월 무궁화나무 측은하여
남대문 단청 회생回生하여
울음 울었다

열이 나는 홍역 걸린 아이처럼

남대문 불나기전 밤에 무궁화꽃이 매연 뒤집어 쓰고 피어있는 모습보고 썼습니다. 문화 역사를 소중히 여기지 않는 사람이 불을 지른 것은 조상의 영혼이 담긴 보물을 사랑하지 않는 것이다. 조상이 남겨준 유산은 항상 내 영혼을 빛나게 하는 원동력이다. 우리의 보물 화려하고 섬세하고 쳐다만 봐도 자긍심이 넘쳐나는 남대문. 조선의 민족이라면 지키고 보존해야 할 남대문. 남대문이 불타는 날 우리 국민 모두 울었다. 그래도 다시 그 자리를 지키는 남대문은 우리의 자랑이다.

봄이 오는 길목

봄이 오는 길목에서 비가 오더니
눈으로 변한 하얀 눈송이가 쏟아져 내렸다
밤새 창문을 두드리며
문 열어달라고 아우성쳤던 눈들이 창틀에 쌓여있고
유리창에 매달려 있다

탐스런 목화송이처럼 보드랍게 내려
지붕과 산과 나뭇가지에 덮여있는 청결한 하얀 눈은
세상풍파에 찌든 내마음을 휘청거리게 한다

마음을 흔들어 놓는 순수하고 깨끗한 자연의 조화
지저분한 세상을 모두 덮어버린 하얀 눈의 새생명은
잠시나마 우리에게도 희망을 준다

태고적 언제인가 있었을 때 묻지 않은 사랑을 하고
아름답게 펼쳐졌을 인간들의 세상은 아름다웠을 것임을
암시해 주는 하얀 눈의 세상은
우리가 감내하기 어려운 아름다운 세상임을 알게 해주고 있다

아름다움을 지키고 온전히 전해줄 수 없는 삶이라서
따사로운 햇빛이 온 세상 비추면 아름다운 세상이 사라지듯
우리들의 약속되었던 미래도 지킬 수 없으면 사라지리라

이른 아침에 밤새 창문을 두들기던 하얀 눈을 맞이하지 않은
지난 밤을 후회한다
한번만 창문을 열어 보았더라면
눈들의 이야기가 집으로 들어 왔을텐데…

넓은 세상 구경 가는 날

나는 꿈꾸는 바람
나는 잠자는 바람

그대 마흔 아홉에
처음 높은 하늘로 날아
넓은 세상 구경 가는 날

눈에, 마음에
기쁨이 넘치는 걸 보았지

세상 인심 맛보는 것도 잠시
미국에서 무시무시한 911 테러가 있어
비행기 못 떠
발이 묶인 그대 맘 속에 들어가 보면
나는 꿈꾸고 싶어라
잠자고 싶어라

전파 타고 들려오는 그대 목소리
옆에 있는 듯해 더듬어 보지만
텅 빈 마음에 바람만 부네

태평무

산이 보인다
바다가 보인다
말 타고 달려와 이 땅에 나라를 열었다는 동명성왕이 보인다
과거 속으로 흘러간 사건들이
살아 돌아와 동작으로 재현될 수 있는
기억들이 보인다

화려하고 넉넉한 도포자락에 깃들은
몇 번이고 금수강산을
휘돌아왔을 오랜 세월의 기쁨과 슬픔의 한들이
옷자락에 배어
휘젓는 팔에 날리어 주면
선녀가 되어 하늘로 오르고 있다

딸아이 화관 속에 꽃 같은 얼굴
드리우고 넓은 무대가 모자라다는 듯이
춤을 출 적에
과거 역사 속으로 빨려 들어가 너울대는
지난 세월 혼이 살아온 듯하다
딸아이는 무대에 서는 걸 걱정하면서도
무대에 오르면 신들린 눈꼬리 세우고 태평무를 즐긴다

긴긴 세월 역사의 한들이 뭉쳐져
춤으로 표현된 태평무를
관객이 되어 따라하면
용틀임하는 우아한 국토를 만날 수 있다
아름답고 화려한 태평무
가신 분들의 숨결이 살아 숨 쉬는 태평무

오른 엄지손톱

나를 슬프게 하는 엄지손톱
생이 손 앓았다는 손톱은
불구가 되어 매니큐어 한번 못 바른다
처녀시절 버스에서
손잡이 잡을 때 엄지손톱을 감추고
남들 앞에서 엄지손가락을 주먹손 안에 집어 넣어야했다

왜 손톱이 이런지 생각 나는 게 없다
어머니 말씀에 의하면
겨울에 생이 손을 앓는데
방안에 있지 않던 발발이 마냥
밖으로 나가 놀아 손가락이 얼어서
제대로 못 자랐다고 했다
내 몸 아주 작은 것에도 신경 쓰이는
못생긴 손톱으로 감추어진 손가락은
힘이 없어 피아노를 배울 때 약점이었다

바이올린을 배우면서 활을 엄지손가락에 의지하다보니
힘을 기르지 않을 수 없었다
그리고 그 약점들은 고쳐졌다
약점을 가진 사람들은 누가 뭐라고 하기 전에
그 약점으로 해서 큰 상처를 받고 있다
공연히 당당하지 못한 것이다

약속

약속 지키는 날 기억하기 위해
천둥소리 요란한 긴 밤에도 기다리고
소리 없이 하얗게 내리는
겨울밤의 긴 독백도 부담 없이 들어주고
사랑을 찾아 헤매다 약속을 지키기 위해
제자리에 돌아와 기둥에 기대 본다

화사하고 강렬한 봄의 꽃기둥은
잠시 새 생명이 태어나는 순간을 약속한날
봄의 약속을 속삭여주는 희망의 노래이며
살고 싶은 사랑의 노래이다

싱그런 향내와 보드라운 애기 살결을 지닌
봄을 만나기 위해 약속해준 햇살을
잊지 않고 기다렸다

약속은 순리대로 살아가는 만물들의 진리이다
아름다운 약속은 꼭 지켜진 것을 말하리

명상

명상은 조용히 평화롭게 흐르는 강물이다
아름다운 추억의 물들은
통속으로 빠져들어 흔적 없이 사라진다

통 속에 몸을 담그면
따스한 물결이 머릿속에 스치는 생각들을 잠재우고
광활한 낯선 웅덩이에 고여 있는 마음을 다독거린다

커다란 생명의 몸짓으로 다가와 잠잠해지는
고요 속에 연달아 삭아지는 생각들
명상은 사랑을 속삭여주는
커다란 통 속에서 헤엄쳐 다가오는
평화로운 물결이다

머릿속에 있는 모든 걸 삭혀
기도하는 염원 속에 빠져들게 하고
온몸을 편안케 하는 침묵의 순간은
못 견디게 괴로웠던 아픔을 거두어간다

명상을 하고 있으면
희망과 꿈이 가슴 속에서 영글어 가는 소리가 들린다

따스한 입김이 몰려오고

오월의 님

춥지도 덥지도 않은
만물이 고통 없이 성장하기 좋은 오월
꽃들이 피어나고 새들의 노랫소리가 들려올 때
행여나 님의 목소리가 들릴까 귀 기울입니다

님 떠난 후 아름다운 세상 보지 못해 서러워 눈물 흘리며
님을 기다리면 행여 소식이라도 전해올까 님 불러봅니다

꽃 피고 향기가 그윽한 세상에서 잠든 날
님 떠난 후 보고 싶은 님의 모습 잊혀질까봐 생각하며 그려봅니다
발길 닿는 대로 다니다 오고 싶을 때 달려오소서
보드라운 바람이 온 몸을 감싸면
님이 오는 소리가 들릴까 문 열고 기다립니다

세상이 변하며 달라진다 해도 잊지 않고
사랑하는 님

일년 중 꿈과 사랑을 온세상에 전할 수 있는
오월은 보일 듯 말 듯

님 기다리는 평화로운 전원에서 행복을 느끼며
살아가는 최고의 선물입니다

녹음이 풍성해지고 만물의 힘찬 태동 소리는
님의 선물인듯

봄, 그리운 오월

아아, 아가

영상 속에서 온 힘을 다해 울고 있는 아가를 보면
심장에서 들려오는 박동 소리와
심장에 솟구쳐 오르는 욕망이
맑은 눈동자 속에 빠져들게 한다

오목조목 예쁜 볼과 한 번씩 울다가 눈을 뜨고
세상을 보는 눈동자의 영롱함이
우리아이 더욱 빛나게 하고 용기를 준다

배고프다고 우는 아가
가슴에 안아보지 않았지만
온 힘을 다해 울어 욕구를 전해
살고자하는 욕망이 강해서
더욱 귀엽고 예쁜 아가

첫 아이 키워 여유가 있고 경험이 있어
둘째아이는 더욱 사랑스럽고
욕구를 채우기 위해 울고 있는 울음소리도
오페라처럼 들리고 심장 속으로 파고든다

형님

한 소쿠리 가득 담겨 넘쳐 나올 듯 님의 사랑 녹음 같아
넉넉한 반려자 되어 장가갈 아들 사고 소식에
폭포수 같은 눈물에도 제자리 지켜준 형님

달밤에 하늘에 닿은 별빛 같은 목련화 되어
남은 인생 반으로 나누어 살자고
사랑하며 살자고 님의 살 꽃잎 되어
타오르는 불빛 되어 가슴 시린 장기 하나,
앞가슴 열어, 예쁜 꽃망울 사랑의 이름으로

그대 몸이 되어 살아가는 님
한 몸이 둘이 되어 한 점의 육신이 그대 몸에 따라
살뜰히 아끼며 사랑하고 둘이 하나 되어
곧 자란 열녀목처럼 하늘만 보며 사는 님이여…

아기 울음소리 멈춘 집안에
첫아이 낳아 희망과 사랑을 가득 보여준
엄마 냄새 나는 님이여

꽃다운 시절, 동생들 많은 집에 시집 와
보리쌀 한판재기 닦아 삶을 때
고운 아름다운 맘도 함께 삶아
어머니 냄새 가득한 님이여

- 신장을 큰아주버님께 이식해 주신 형님을 생각하며

지게

걸어가는 지게
잿빛 매연에 가린 하늘만 보며
걸어가는 지게

어린 시절 추운 겨울
땔감 구하러 산에 오르다 보면
옷 홀랑 벗은 민둥산에도
어김없이 봄에는 새싹이 돋아
파란 여름 속삭여줬다

눈이 쌓인 언덕을 청솔가지 한 짐 지고 오던 오빠가
넘어지고 또 넘어져
오빠보다 더 크게 보이던 지게가
지금은 내 등에 짊어졌다

지게 붙들어주고
슬픔의 웃음 짓던 그 언덕에 봄이 오면
비단 같은 바람이 불어
내 몸을 포근히 감싸 날려 주었다

추억은 가까이 있다
지게에 세 아이들을 지고
오늘도 나는 걷는다
또 걷는다

언덕위에서
감싸주던 봄바람을 가슴에 가득 담고

우리 집 2

아이들의 웃음소리 떠드는 소리가
하루 종일 들리는 집

창 밖 학교 운동장에
노오란 개나리 피어나면
꽃속에서 아이들이 어우러져
환희의 동굴을 만든다

하루 종일 바라보다 지치면
고향의 진달래 꽃 속에 파묻혀
꽃을 따며 놀았다

푸른 녹음이 하늘까지 덮던 여름날엔
아이들의 힘찬 노랫소리가
푸름과 함께 하며 이가 시리다

가을에 하나둘 단풍이 물들 때
아이들은 토실토실한 열매가 된다

아름답고 희망에 찬 가을들판을
연일 펼쳐 놓는 창 밖에 시선을 모으고
고향에 전화를 한다

우리 집안엔 풍성한 가을 향연이
계속된다고

노래하리라

나 노래하리라
꿈과 사랑과 아름다운 자연을

고요한 새벽
어둠이 사라지기 전
동녘 하늘에
아침 여울이
황금빛으로 물들어 오를 때

숲속의 새들이 노래하듯
황홀한 아침을 찬미하며
희망을 노래하리라

나 노래하리라
숲속의 나무처럼
나날이 아름답게 변하지 않더라도
비록 몸이 아파
보기 흉한 노인으로 변하더라도
꿈과 사랑과 희망을 노래하리라

찬란한 오후에 반란

지난 날 잘못을 후회하지 않으리
얼마나 많은 삶이 주어졌는지
가늠하지 못했다

진정 아름다운 생을 살고 싶어
밤하늘에 별처럼
참고 견디며 살다 보면
기적 같은 날은 온다

상상할 수 없는 힘이 생겨
할 수 없었던 것들을 해내며
어디에서 오는지 모르지만
그 힘으로 하루하루 마감한다

젊은 시절 만큼 힘쓰지 못하고
운동하고 활동하지 못해도
다소 늦어져 시간이 걸리더라도
바이올린 악보 보고 음을 켜면
찬란한 오후에 반란이 온다

몸이 아파도
그것을 이기려고 애쓰는
가슴속 심장소리 탓일까?

여름

제대로 살아보고 싶었던 세상
우러러 존경할 수 있는 사람들
그 많은 사람을 흉내 내어 살고파도
아름다운 꿈이 있었어도
숨 막혀 무거웠던 한 해 여름

세상은 점점 멀어져 가고
내 꿈은 파란 잎새에 묻혀
같이 여름을 즐겨보려 했지만
그것은 꿈일 뿐

그래도 매미는 아름다운 음률을 연주하고 있다
형체는 나무 잎새에 가려 보이지 않지만
내 인생의 여름은 여러 종류의 악기처럼
각기 다른 소리를 내고 있다

비 좁은 곳에 얼굴을 내민 밤송이도
햇빛을 조금 더 받아보려고
거친 가시를 바람에 맡기며 앉는다

보라! 무엇을 주저하고 속을 태우는가?
자연의 이치 속에서
소박한 삶을 살아가면서 기다리리라

마음도 몸도 모두 녹여버릴 듯한
내 삶의 무더운 여름

눈 내리는 날

하늘은 눈을 잔뜩 머금고 있어
어둡고 찌푸린 얼굴로 세상 쳐다보는 날

사람들은 눈이 오는 걸 예상하고
집에서 머물 공간 마련하지만
세월의 시한부로 살아가는
불편하고 어눌한 세상살이

평범한 날이라 버티고 있는
소심한 나를 밖으로 나가라 눈짓하는 눈송이들

하얀 눈이 펑펑 쏟아져 하얀 세상으로 변해가는 순간순간
지친 삶을 내려놓고 싶었던
아픔도 한순간이었음을 깨닫는
평생 살아온 하루 같은 세월들

하고 싶은 얘기만이라도 속마음 털어놓을 수 있는
속삭이고 싶은 진실한 벗 멀리 가고
하얗게 내리는 눈에 순결한 세상이 온 듯해도
작은 온기만 있어도 녹아내리는 눈의 진실
영원한 진실이 있을까?

첫눈 오면 좋아했던 어린 시절
순백의 청초한 아름다운 꽃으로 잊혀지지 않는 지난 시절
캄캄한 밤하늘에
반짝이는 그리움으로 남아
첫눈처럼 날리네

살아가는 날들, 죽음의 그날

칠십 평생을 살면서
소진한 생명의 기원

종점이 이미 가늠할 수 없어
햇볕 닮은 미소 지으며
자신 있는 소리 해도
마음에 구름만 조금만 비쳐도 생명이 다하는 날

그날 생각하며
두려워지고 조심스러워지는 평생을 그럴 우리들

아득히 먼 어린 시절의 아이들처럼
하루하루 즐기는 희망에 부푼 아이들 바라보면서
혹여 삶이 무시되고
존경받지 못하는 삶이라 해도
우리에게 남아있는 소중하고 황홀한 마지막 날

탄생의 기쁨만큼 의미가 없어도
새로운 변화를 주고 가는
또 하나의 황홀한 탄생
그날

아파오면 준비해야 하는
죽음
마지막 말 한마디

가을날 아침에

아침 햇살에 비친 낙엽을 보면
파란 하늘에 곱게 물든 나뭇잎들과 옥구슬로 이어져
피부에 자극하는 상쾌한 공기
절정의 가을을 자랑하고 싶은 날들

여러 가지 색깔로 물들인 나뭇잎처럼
각기 취향대로 살아가는 사람들은
가을을 맞고 즐기면서 모여드는 곳마다 아우성
해마다 보는 가을이고 날마다 조금씩 변해가는 나뭇잎이지만
색깔도 다르고 떨어지기는 시기가 다른 자연을 보며
너무 아름다워 보내는 아쉬운 가을

가을이면 온다는 절정의 아름다운 가운데
풍선처럼 부풀어 오르는 청춘
유혹하며 어디론가 날아가고 싶은 날들

조금만 돌이켜 볼 수 있었다면…

한마디 말도 남기지 못한 채
마지막 앞일을 예견하지 못하고
낙엽처럼 떨어지는 대로 포개져
청춘들이 떠나간 불행의 날들

짓눌리며 숨 막혀 끊어진
낙엽처럼 허무하게 떠나간 청춘이여!

아아, 그날
살아있는 모든 생물들이 소리없이 울어야 했다

자식사랑

어머니가 자식을 위해 산다는 말은
하기 쉬운 편한 말이었습니다
딸이 어렸을 적에 하얀 피부와
통통한 몸매와 커다란 눈을 가진
예쁜 아이였어요
돌이 지난 어느 날 아이는 못 걸었습니다
소아마비인 것 같다는 의사 선생님 말에
가슴에 못질하는 울음을 쏟아놓았습니다
아이의 불행보다
걷지 못하는 아이를 위해 평생
희생해야 할 제가 서러워

어려서도 가난한 집에 태어나 고생했는데…
자식을 위해 일생 동안 희생하며 살아야하는 걸
걱정하는 것도 어머니 자신을 위한 것임을
깨달았습니다

자식이 잘되기를 기도하고
몸의 한 점 한 점 바쳐 희생하는 것은
자식을 위한 것이 아닙니다

옛날 어머니가 그래 왔듯이 그것이 어머니를 위한
것이었습니다
자식이 건강하게 행복하게 사는 걸 지켜보는 것이
편하고 즐겁기 때문입니다

마흔여덟 살

마흔여덟 살 나이에
주위에 있는 작은 생물 하나에도
감사함을 느끼며 살아가고 있습니다

젊은 시절 할 일이 많아
짜증스럽던 하루 중에
여유 없이 한꺼번에 많은 것을
이루려고 애를 썼지만
꿈은 점점 멀어져갔고
아이들은 제 뜻대로 자라주지 않았습니다

세월이 흘러 아이들이 자라고
꿈을 버리지 못해 밤잠을 설쳤던
젊은 날들이 지나고
얼굴에 주름이 늘어가니
많은 것을 포기하면서
마음이 편안해지고
매사에 감사함을 느꼈습니다

사람들은 반복되는 시간 속에서
버리면서 얻는 행복을
포기하면서 살아가는 지혜를
배우고 얻습니다

프롤로그

6월에 가랑비 내리면
영롱한 이슬 방울들 나뭇가지에 매달려
방울 소리라도 남기려 울다가
흩어지는 물방울 소리처럼
망설임 속에 조심스럽게 엮어져 나온 지난 세월
시집으로 세상 구경하게 된 잊혀지지 않는
지난날의 기억들

하루하루 살아가는 욕망의 몸부림과
꿈을 이루고 싶었던 어린 시절
기다림으로 어른거리다가
모든 걸 포기하고 바꿔 놓았던
평화로운 날 맞이하고 싶어
역사의 향기는 자연이 만들어지는 시간의 흔적인 듯
바람에 날려 떨어지는 꽃잎에도 향기는 남아 있다

지나온 세월 꿈을 이루지 못한 기다림
그 흔적에도 사랑으로 남아
삶을 노래하고 아픔을 잊어가는 내 생에 빛나는 날
아름다운 슬픈 날들
고이 시집으로 엮어서
그리운 사람 늘 따뜻한 가슴으로 사랑하면서 살리라

봄이 지나 이렇게 계절의 옷을 갈아입었지만
나는 또 나의 봄을 기다리면서
나의 세 번째 시집 "나의 봄을 기다리면서"를
세상에 내놓는다